여자,
매력적인
엄마 되는 법

여자, 매력적인 엄마 되는 법

발행일	2024년 2월 20일

지은이	백란현		
펴낸이	손형국		
펴낸곳	(주)북랩		
편집인	선일영	편집	김은수, 배진용, 김다빈, 김부경
디자인	이현수, 김민하, 임진형, 안유경, 신혜림	제작	박기성, 구성우, 이창영, 배상진
마케팅	김회란, 박진관		
출판등록	2004. 12. 1(제2012-000051호)		
주소	서울특별시 금천구 가산디지털 1로 168, 우림라이온스밸리 B동 B113~114호, C동 B101호		
홈페이지	www.book.co.kr		
전화번호	(02)2026-5777	팩스	(02)3159-9637

ISBN	979-11-93716-70-0 03810(종이책)	979-11-93716-71-7 05810 (전자책)

(주)북랩 성공출판의 파트너
북랩 홈페이지와 패밀리 사이트에서 다양한 출판 솔루션을 만나 보세요!
홈페이지 book.co.kr • **블로그** blog.naver.com/essaybook • **출판문의** book@book.co.kr

작가 연락처 문의 ▶ ask.book.co.kr
작가 연락처는 개인정보이므로 북랩에서 알려드릴 수 없습니다.

세 아이 직장맘의 고군분투 성장기

여자,
매력적인
엄마 되는 법

백란현 지음

육아와 직장생활로
지친 엄마들에게
전하는 희망의 메시지!

북랩

✳

균형 이루는 삶을 위하여

열여덟, 열넷, 여덟. 세 자매 키우고 있다. 직장 일과 자기 계발에 욕심내려 할 때마다 다시 아기를 낳고 키워야 했다. 2024년, 육아휴직 없이 21년째 초등학교 교사로 일하고 있다. 일하면서 내 아이도 잘 키울 수 있을까, 엄마와 직장인이 아닌 나를 위한 시간도 가질 수 있을까 고민 많았다. 친구들은 자녀가 초등학교 1학년 되면 아껴둔 육아휴직을 사용한다고 했다. 나는 그럴만한 여력이 없었다.

학교에서도 먼저 나서서 일하는 편이다. 해마다 독서교육에 관심 가지고 있었던 나는 막내 임신을 알게 된 후 도서관 운영에서 물러났다. 내가 리모델링한 도서관은 다른 선생님이 업무를 이어 갔다. 도서관 활성화에 열정을 붓고 싶었지만 내가 맡지 않은 한, 도서관 운영 방향을 건의하거나 요구하기 어렵다. 하나라도 제안하면 일은 담당자 몫이 되어버리기 때문이다.

아이 셋을 키우고 있어서 더더욱 직장생활 소홀히 할 수 없었다. 막내의 어린이집 하원 시간 맞추어 마무리하지 못한 업무를 챙겨서 퇴근했다. 우리 반 학부모는 담임이 어떻게 해주길 바랄까. 학교에서도 집에서도 완벽하게 일하려고 애썼다.

학교 아이들 30명과 우리 집 3명. 나에게 맡겨진 아이들을 위해서 살았다. 나는 교사 엄마다. 아이들의 성장을 돕는 것 못지않게 나도 달라지고 싶었다. 그렇지만 정기적으로 개인 지도를 받는다거나 자기 계발 모임에 참석할 수 없었다. 큰마음 먹고 신청하더라도 중도 포기했다. 딸이 아파서 하루 이틀 빠지면 자책부터 했다. 애들 키우는 엄마가 뭐 하고 있는 거지. 애부터 챙겨야 하는 것 아닐까. 내 아이가 아픈 것이 자기 계발 욕심 때문도 아니었는데 나를 몰아세웠다.

큰딸 희수가 열세 살이었을 때 김해 청소년 상담복지센터에서 일하는 지인이 '공부의 신' 프로그램을 소개해 주었다. 막내 키우느라 희수와 단둘이 외출할 기회도 없었는데 잘되었다. 강사는 나에게 꿈이 무엇인지 물었다. 희수 앞에서 체면을 차리고자 5년 후 작가 되는 것이라고 발표했다. 작가. 내 마음에 남았다.

코로나 시대. 집에서 나 혼자 할 수 있는 성장 방법을 찾았다. 독서와 글쓰기였다. 자투리 시간에 나만의 책상 80센티미터에 앉아 읽고 쓰기 시작했다. 네 살 희윤이가 툭 내뱉은 말도 기록했다. 비 오는 날 하원 길, 엄마보다 앞서 걸어가고자 우산 던지고 뛰어가던 희윤이 모습도 블로그에 담았다. 쓰면서 알았다. 나의 글 쓰는 습관은 내 아이들에게 영향을 준다는 것을.

막내가 다섯 살이 되었을 때 책 쓰기 공부를 시작했다. 내가 책을 낼 수 있을까 걱정했던 순간들은 점차 줄어들었다. 책 쓰기 수업 들으면서 우선 쓰는 일에만 집중하기로 마음먹었다. 낮에는 일하러 출근하고 밤에는 글 쓰러 출근한다.

일, 육아 번갈아 챙기면서 나도 돌본다. 책과 메모지가 널브러져 있는 내방이지만 이곳에서 나는 꿈을 쓴다. 책 쌓아두길 좋아하고 책 쓰는 내 모습 덕분에 딸들은 엄마 도움 없이 자기 할 일을 챙긴다. 집필 도전하는 것처럼 딸들도 학급 임원이나 각종 글쓰기 대회에 도전한다. 부모의 도움 대신 딸들 각자 일상에서 주도적으로 생활한다.

나는 작가다. 작가의 시선으로 육아를 바라본다. 매주 화요일과 금요일, 둘째 희진이를 김해 문화의 전당에 데려다준다. 함께 차를 타고 가는 30분 시간 동안 둘만의 대화가 오고 간다. 한참 사춘기인 희진이가 학교에서 울었던 이야기부터 꺼낸다. 엄마에게 말하고 나니 시원해졌다는 희진.

"엄마한테 말해줘서 고마워."

희진이 표정은 밝아졌다. 차에서 내려 문화의 전당 합창 연습 장소로 걸어간다. 희진이 마음에 공감할 수 있는 작가 엄마라서 감사하다.

고등학생 큰딸 희수가 중간시험 결과를 가져왔다. 1학기보다는 성적이 올랐지만, 여전히 부족한 과목도 보인다. '성적보다 중요한 것은 우리 딸이지.'

희수는 성적에 대한 아쉬운 마음과 공부 각오도 들려준다. 실천 여부를 떠나 내가 작가 엄마라서 다행이라고 생각했다. 희수는 국어 교육과 대신 문예창작과에 가겠다고 한다. 희수나 나나 각자의 꿈을 위해 달리는 중이다.

막내 희윤이 이야기도 빼놓을 수 없다. 평소에 노트북 앞에 앉아 있으면 늘 묻는다.

"엄마, 작가님 수업 끝났어?"

희윤이는 엄마인 내가 책 쓰기 강의 듣느라 집중한 시간 동안 만들기, 색칠하기, 유튜브 동영상 시청으로 시간을 보냈다. 엄마 글 다 썼으니까 같이 놀자고 했더니 함박웃음을 보인다. '무궁화꽃이 피었습니다' 바로 시작이다.

내가 매일 글 쓰는 작가가 되지 않았다면 나는 세 자매에게 어떤 엄마로 비추어졌을까, 내가 도전하는 삶을 살고 있지 않고 세 자매에게만 집착했다면 우리 아이들은 완벽주의자 엄마로 인해 숨 막혔을 터다.

엄마는 엄마의 공부를 했으면 좋겠다. 내 아이의 소중한 시간 뒤처지지 않게 챙기는 것도 필요하지만 엄마가 공부하면 내 아이들은 스스로 할 일을 찾아 할 가능성이 크다는 사실을 경험해 보길 권하고 싶다.

자녀를 키울 때 행복이나 성공의 기준은 크지 않다고 생각한다. 내 아이 존중하고 인정하면서 엄마인 내가 먼저 성장하면, 행복이고 성공이다. 직장맘의 육아와 성장, 두 가지 균형 있게 이룰 수 있기를 바라며 응원한다.

이 책을 읽고 글 쓰는 엄마들이 많아지길 바란다.

매주 책 쓰기 수업을 진행하여 작가들의 성장을 돕는 책 쓰기 멘토 이은대 작가님께 감사드린다.

\<제 5 장\> 여자, 매력적인 엄마 되는 법(2) - 자기 계발 성장법

제 1 장

아이가 셋입니다

1
•
스물일곱, 엄마 되다

스물다섯에 결혼했다. 원룸에서 신혼생활을 시작했다. 결혼 후 바로 아기를 가지고 싶었지만, 남편은 내키지 않아 했다. 결혼할 때 친언니처럼 챙겨주던 동료 교사 민혜 언니가 아들을 낳았다. 나보다 두 달 먼저 결혼한 언니의 출산 소식에 괜히 조급해졌다. 내 아기는 어떻게 생겼을까. 교실에서 출석을 부를 때면 내 아이 이름은 무엇으로 지으면 좋을지 상상했다.

연애와 결혼생활까지, 남편 만난 지 3년 지났다. 신혼생활이라고 해 봤자 번갈아 집을 지키는 것이 전부였다. 남편은 수학 과외를 하고 있었다. 내가 학교 출근하는 낮에 남편은 집에 머물렀고, 내가 퇴근하면 남편은 출근했다. 결혼하면 함께 할 시간이 많을 줄 알았는데 그렇지 않았다. 발령 동기 효정 선생님과 퇴근 후 그림책 모임까지 다녀왔지만, 남편은 아직 집에 오지 않았다.

퇴근 후 아기와 함께 시간을 보내면 어떨까? 어차피 낳아서 키울 거면 내가 한 살이라도 어릴 때 빨리 낳고 싶었다. 임신도 하지 않았지만 임신 육아 책부터 샀다. 임신 확인할 수 있는 시기는 5주, 아기 심장 소리 들을 수 있는 시기는 7주라는 내용부터 출산을 위해 입원할 때 필요한 준비물까지. 책 읽은 덕분에 임신 출산 과정을 이해했다.

10월에 아기를 낳는다면 휴가 3개월과 겨울방학을 연결하여 아기를 키울 수 있다. 겨울방학이 끝난 후, 나는 낮에 출근하고 남편은 아기 돌보면 괜찮을 것 같았다. 임신, 출산, 육아 큰 그림 안에 계획 임신에 성공했다.

임신주수를 빨리 확인하여 학교에 알려야 했다. 신학기 학년과 업무를 정할 때 교사의 임신 여부는 반드시 고려해야 할 정보다. 2월 8일, 2월 15일. 두 번이나 산부인과에 방문했으나 아기집을 보지 못했다. 2월 22일, 개원한 산부인과에 가서 초음파를 확인했다. 10월 23일이 출산 예정일. 교장, 교감에게 임신 사실을 알렸다. 그런데 1학년 담임, 학교 도서관을 맡았다. 출산휴가도 사용해야 하는데. 학년과 업무 둘 다 가볍지 않았다.

1학년 학생들에게 읽어준 그림책은 태교 동화가 되었다. 출산과 육아에 관한 사전 공부가 필요하다고 생각했다. 'EBS 생방송 60분 부모' 프로그램을 다시 보았다. 'EBS 특별기획, 아기 성장 보고서' 프로그램도 알게 되었다. 시작조차도 하지 않았던 아기 키우는 일이 기대되었다. 세상을 향한 첫걸음, 아기는 과학자로 태어난다, 애착 행복한 아기를 만드는 조건, 언어 습득의 비밀, 육아의 키워드, 기질. 다섯 편을 보고 또 보았다.

임신 4개월째. 수업하다가 택시 타고 병원에 갔다. 1학년 신호등 수업하기 위해 색깔이 있는 머메이드지를 자르다가 문구용 칼로 왼손 집게손가락 끝 살점을 잘랐다. 교탁 위 놓인 종이에 피가 번졌다. 다친 손을 휴지로 감싼 채 보건실에 갔다. 보건 선생님은 떨어져 나간 손 살점을 주워 오라고 했다. 그리고 함께 정형외과에 갔다. 손 부분만 마취하고 살점과 손가락 끝을 꿰매었다. '마취약은 아기한테 괜찮을까?'

간호사는 정기검진 때마다 나에게 "엄마, 엄마"라고 불렀다. 새로운 호칭이 익숙해질 때쯤 임신성 당뇨 검사를 했다. 당 50그램을 마시고 한 시간 후 당뇨 수치를 확인했다. 당뇨 재검받아야 하는 수치가 나왔다. 일주일 후 다시 병원에 갔다. 100그램의 당을 마시고 정밀 검사를 했다. 임신성 당뇨 판정은 받지 않았지만 이후 출산할 때까지는 다치지도, 아프지도 말아야겠다고 생각했다.

겨울방학을 앞두고 90일 전 출산휴가를 냈다. 체중 관리가 되지 않으면 자연분만이 어려울 수도 있다는 의사의 충고로 인해 집 근처 연지공원을 매일 걸었다. 오전에도 걷고 저녁에도 걸었다. 교직 경력

3년 차 가을. 오랜만에 평일 낮에 나만의 시간을 가졌다.

몸이 무겁다. 똑바로 누워서 잠들기 힘들었다. 불룩한 배에 튼살도 심해 긁으면 피가 났다. 튼살 크림이 있다는 것과 튼살을 관리해야 한다는 것도 몰랐다. 38주부터는 출산해도 안전하다는 얘기를 들었다. 빨리 낳은 후 허리 펴고 편안하게 자고 싶기도 했고, 임신 중 출산휴가를 조금 더 누리고 싶기도 했다.

휴가 동안 신혼집 단칸방을 어떻게 육아 방으로 만들 것인지 고민했다. 결혼하면서 유일하게 사들인 침대를 버리기로 했다. 5단 서랍 중에 가로, 세로가 짧은 것을 구매했다. 며칠 후면 500만 원 보증금과 월세 20만 원으로 생활하는 내 공간에서 아기도 함께 살아간다. 스물일곱 예비 엄마가 출산휴가를 즐길 동안 서른넷 예비 아빠는 기간제 교사로 아침 일찍 중학교에 출근했었다. 남편이 기간제 일하러 가는 것이 내키지 않았다. 갑자기 진통이 오면 어쩌나 하는 걱정도 되었다.

10월 23일 출산 예정일이다. 병원에 갔더니 곧 태어날 것 같다고 종일 걸으라고 했다. 먹고 싶은 케이크를 샀다. 낮에는 집 앞 보리밥 식당에 가서 출산 전 마지막 외식을 했다. 오후 5시부터 진통이 시작되었다. 밤 9시 3분, 7분, 11분. 출산 육아 책에서 봤던 진통의 간격이었다. 병원 분만실로 향했다.

분만실에 도착했을 때 진행이 40퍼센트 되었다고 했다. 무통 주사도 맞지 못했다. 진통의 강도가 세어질 때마다 소리 질렀다.

"엄마! 그렇게 소리 지르면 아기 숨 못 쉬고 뱃속에서 태변도 싸!"

진통이 밤새 이어졌다. 반복 간격은 짧아졌다. 30초 단위로 이어지는 듯했다. 간호사가 어딘가에 전화를 걸었고 눈만 보이도록 수술 복장을 한 의사가 분만실에 들어왔다. 출산이 임박했다. 8시간의 진통 후에 10월 24일 새벽 5시 8분 희수를 품에 안았다. 초록색 천에 쌓인 희수는 왼쪽 쌍꺼풀 눈을 깜빡이며 나를 쳐다봤다. 3.46킬로그램. 출산휴가 기간에 많이 걸은 결과다.

2주간 산후조리원 생활 기간에는 집에 빨리 가고 싶었다. 덥고 갑갑했다. 그러나 단칸방에 들어온 순간 '내가 평생 한 생명을 책임져야 하는구나.' 생각에 겁이 났다.

중학교 수업과 수학 과외까지 끝낸 남편이 늦은 밤에 퇴근할 때까지 나 혼자 희수를 책임져야 한다. 낮에 희수가 똥을 쌀까 봐 걱정했다. 나 혼자 아기 엉덩이를 씻길 줄 몰랐고 주택 욕실은 추웠다. 밤 열한 시에 집에 온 남편은 옷도 갈아입지 못하고 희수 목욕시킬 준비부터 했다. 아기 욕조를 방에 가져와서 따뜻한 물을 채웠다. 자고 있던 희수를 목욕시키고 젖을 물려 재우는 동안 남편은 미역국을 끓이고 설거지도 했으며 아기 내복과 손수건도 빨았다.

아기가 태어나면 막연하게 좋을 것으로 생각했다. 그러나 출산 후, 걱정이 많아졌다. 출산 육아 이론에 대하여 충분히 공부했다고 생각했지만, 실전에는 '내' 마음도 챙겨야 했다. 아기를 돌봐야 하고 산후조리도 해야 한다. 틈만 나면 잠도 보충해야 한다.

산모의 건강은 점차 회복될 터다. 태어난 희수를 챙기는 일도 중요하다. 그러나 짧게 시간 내어 내 마음을 메모했다면 어땠을까 생각해본다. 나를 챙기는 일도 시간 할애해야 한다. 스물일곱의 란현을 지금 다시 만난다면 희수 낳아 엄마로서 살기 시작한 내 마음부터 안정되도록 토닥이고 싶다. 하루 10분 정도는 너만 생각해도 된다고.

2

.

만나서 반가워. 둘째

고개를 저었다. 산후조리원 퇴소하는 날, 원장은 둘째 낳고 또 오라는 소리를 했다.

희수가 네 살 되었을 때 선배 교사는 둘째 가질 때 되지 않았냐며 물었다. 나 또한 희수 혼자는 외롭지 않을까 생각하고 있었다. 둘째에 대한 마음이 생기기 시작했을 때 엽산 영양제부터 먹기 시작했다. 둘째는 어떻게 생겼을까 궁금했다. 가지고 있어야 할지, 버려야 할지 고민했던 육아용품도 다시 챙겨보았다. 임신도 하지 않았는데, 평일에 집에 머물 수 있는 출산휴가가 기대되었다.

둘째는 봄에 낳고 싶었다. 신종플루가 걱정되는 시기에 임신했다. 신중하지 못했다는 생각이 들었다. 등교 학생 체온을 측정하는 임무를 맡기 전에 임신 초기 두 달 병가를 냈었다. 이후 열 달 동안 건강하게 아기를 지켰다. 남편은 고등학교에서 1년 기간제 자리를 구해 일하고 있었다. 출산일이 다가오고 있었고 산부인과 원장은 아기 머리

통보다 배 둘레 때문에 자연분만이 어렵겠다고 말했다. 5월 4일에 유도 분만하기로 했다. 5월 5일은 어린이날. 기간제 교사인 남편은 5월 4일만 고등학교 수업을 다른 날로 미루기로 하고 하루 휴가를 냈다.

5월 4일 아침 일찍 다섯 살 희수를 어린이집에 등원시킨 후 9시 10분쯤 병원 도착했다. 주치의 민 원장이 '희동이(태명) 파이팅!'을 외쳐주었다. 산모용 옷을 입었고 의사 면담 후 유도 분만을 위한 촉진제를 맞았다. 둘째니까 빨리 낳을 수 있지 않을까 기대했었다. 주변 산모들이 많았다. 진통을 견디는 소리에 내가 긴장되었다.

무통 주사약이 들어갈 주삿바늘도 미리 꽂았다. 11시부터 3시까지는 생리통 같아서 참을 만했다. 4시부터 진통의 강도가 세지고 있었다. 4시 30분 무통약이 몸속으로 들어갔다. 등줄기가 시원해졌다. 그러나 통증이 없어지지는 않았다. 5시, 이전 진통보다 두 배 이상 아팠다. 다시 무통 주사를 맞았다. 본인을 '조산사'라고 소개한 사람이 옆에서 몸을 주물러 주었다. 주사 맞기 전과 별다를 게 없었다. 무통약 맞냐는 나의 질문에 마취과장은 말했다. "더 세게 아프지 않게 지금 통증 유지하는 게 무통이에요. 안 아파지려면 마취해야죠."

첫째 희수 하원 시간은 다가오는데 여전히 진통은 이어졌다. 어린이집에 있는 희수를 챙겨 데리고 있어 달라고 이웃 예인이 엄마에게 부탁했다.

6시에 6센티미터 진행이라고 했다. 민 원장은 시간이 걸리겠다고 말했다. 한 번 더 무통 주사를 달라는 말에 간호사는 거절했다. 아기가 나올 때 힘을 줄 수 없다는 이유다. 주치의 민 원장이 내 아기를 받아주고 퇴근한다고 해서 마음이 놓였다.

아기 태어나기 직전 오히려 진통이 조금 잦아든 것 같았다. 수술복장 의사가 분만실에 들어왔다. 저녁 8시 24분. 희진이가 태어났다. 진통이 없는 상황에서 약으로 진통을 일으키다 보니 엄마도 아기도 지쳤다. '젠틀 버스'라는 이름으로 아기에게 중력의 고통을 줄여준다며 간호사는 갓 태어난 희진이 몸을 물에 넣었다. 울음소리가 들리지 않았다. 산후 내 몸 처치보다도 아기에게 문제 있나 싶어 걱정되었다. 잠시 후에 희진이가 울었다. 간호사는 물에 들어갔다 나온 희진이를 녹색 천으로 감쌌다. 배 위에 올려진 희진이를 바라보았다. 첫째 희수랑 달랐다. 양쪽 볼이 터질 듯했다. 눈엔 쌍꺼풀이 없었다. 금복주 캐릭터가 생각났다.

분만실 침대에 누운 상태에서 첫 수유를 시작했다. 간호사는 희진이가 젖을 잘 빨 수 있도록 수유 자세를 잡아 주었다. 오른쪽 다리에 힘이 없어서 일어나거나 걸을 수가 없었다. 남편은 희수를 병원에 데리고 오기 위해 30분 거리에 있는 예인이 집으로 향했다. 다리에는 오한이 느껴졌고 주변에는 간호사가 없었다. 희진이는 아빠가 도착할 때까지 한 시간 동안 한쪽 젖꼭지만 빨았다. 젖꼭지에 피딱지가 생겼다.

아기와 함께 병실에 들어왔다. 동생 희진이를 처음 본 희수가 아기 얼굴을 만지려고 하자 남편은 신생아실에 전화해서 아기를 데려가게 했다. 4인 가족이 처음 된 날. 자다 깼다 반복했다. 다음날 5월 5일 아침, 희수와 남편은 집에 갔고 나는 희진이와 단둘이 병실에 있었다. 다섯 살 희수 챙기는 일이라도 줄여야 했다.

건강하게 키우고 싶었다. 그러나 희진이 몸무게가 늘지 않았다. 생후 백일이면 몸무게가 두 배 되어야 한다고 책에서 배웠다. 백일이 될 때는 7킬로그램은 되어야 한다. 생후 4개월 영유아 건강검진에서는 몸무게 5.7킬로그램, 검진 결과 3등이었다. 100명 중에 희진이보다 몸무게 적은 아기가 2명밖에 없었다. 의사는 '정밀 평가 필요'라고 표시하려다가 좀 더 지켜보자고 하면서 '양호'에 표시했다. 첫째 때 아기 수첩을 꺼내어 보면서 월령별로 몸무게 확인했다. 희수가 백일이었을 때는 7.1킬로그램이었다. 몸무게 늘리는 방법에 대해 고민하기 시작했다.

잘 먹이고 있는데 무엇이 문제인지 알 수 없었다. 어린이집 적응을 위해 젖병 빠는 연습도 해야 한다. 분유도 종류별로 스틱형 분유를 구매했다. 희진이가 잘 먹는 것을 고르고자 돈과 시간을 사용했다. 젖병에 분유를 넣으면 빨지 않았다. 모유를 담은 젖병도 잠결에만 빨았다. 이럴 줄 알았으면 처음부터 젖병에 모유를 담아 먹이는 거였는데. 몸무게는 늘지 않고 젖병도 빨지 않고. 나는 출근해야 하고. 어린이집에서는 어떻게 먹여야 하나. 내가 먹이면 젖병을 빨지 않으려고 했다. 아빠가 먹이면 조금 먹었다. 양껏 먹지 않아서 젖꼭지를 물려

직접 수유했고 직접 수유를 한 후 희진이는 먹은 것을 분수처럼 토해 냈다.

낳을 때도 첫째도 챙겨야 하는 부담, 키울 때도 첫째와 둘째를 동시에 챙겨야 하는 상황이었다. 가장 부러운 존재는 주변에 친정이나 시댁이 가까운 사람들이었다. 어린이집 보낼 생각을 하고 아기를 낳았다. 희수가 다니던 어린이집에 희진이도 보내기 시작했다. 아침 7시 50분 희수 아빠는 딸 둘을 어린이집 원장에게 맡기고 고등학교에 출근했다. 희진이 어린이집 회비가 조금 지원이 될까 싶어서 면사무소에 보육비 지원 여부 심사를 요청했었다. 아빠의 기간제 근무로 인해, 혜택받았던 희수 회비도 지원 중지되었다. 둘을 보내면서 매달 80만 원의 보육료를 어린이집에 냈다. 어린이집 입소 후에도 희진이는 젖병을 빨지 않았다. 하루 10cc 먹는다며 원장이 학교로 아기를 데리고 가도 되느냐고 물었다. 2주 정도, 육아시간에 잠시 어린이집에 들러 수유를 한 후 학교에 되돌아왔다. 몸무게 걱정, 젖병 빼는 걱정, 어린이집 회비 걱정.

하나만 키우면 외로우니 둘은 키워도 되지 않을까. 막연하게 생각했다. 내가 모성애가 부족한가 하고 생각할 정도로 둘째 낳고 후회했다. 지금 돌이켜보면 이러한 마음도 산후우울증이 아니었는가 짐작해 본다.

여자, 매력적인 엄마 되는 법

아기는 사랑스럽지만 일하면서 두 아이 감당하는 일에 힘이 달렸다. 희수와 희진이가 빨리 컸으면 좋겠다고 생각했다. 하루가 빡빡하게 돌아갔다. 직장 출근과 육아 출근이었다.

희진이가 열네 살이다. 그 당시 둘을 키우던 '나'를 다시 만난다면 먼저 10분 만이라도 자신을 다독이는 시간 가져보라고 말하고 싶다. 자주 인상 썼고 한숨 내쉬었다. 육아가 어려웠던 만큼 나에게도 분명 의미 있는 시간이었을 터다. 긍정적으로 생각하기에도 시간은 부족하다.

어린이집에 무탈하게 다닌 점, 감기는 자주 걸렸지만 큰 병 없이 잘 자라준 점, 직장 생활도 놓치지 않고 해낸 점, 남편의 육아 참여 등. 나를 챙기는 시간을 가졌다면 분명 감사한 점 많이 찾아내지 않았을까.

과거를 바꿀 수는 없다. 변화는 지금부터다. 지금 10분. 나를 챙긴다.

3

.

10년 터울 셋째가 생기다

"내년에도 독서교육부장 맡아주세요."

신학기 담임 배정 계획도 나오지 않았다. 교장 선생님과 단둘이 교내 인사 의논을 끝냈다. 독서교육부장에 6학년. 1년 전 새로 오신 교장 선생님은 이전에 있었던 학교 행사에 대해 나에게 자주 물었다. 그리고 독서교육을 가장 중요하게 생각한다고 했다. 덕분에 부장을 맡은 1년 동안 교장 선생님께 인정받고 살았다. 내가 없으면 학교 일은 누가 하나 생각할 정도였다.

문제가 생겼다. 2월 5일 병원에서 셋째 임신을 확인했다. 임신일 리가 없다고 생각했었다. 1월 방학 동안 학교 도서관 리모델링 진행 중이었다. 추운 교실과 도서관을 오가며 일하느라 몸살 기운이 있다고 생각했다. 임신 소식을 학교에 알려야 한다. 출산휴가를 나가야 하니 독서교육부장 자리는 더 이상 욕심낼 수 없었다.

10월에 셋째를 낳으면 첫째와 열 살, 둘째와 여섯 살 차이다. 내 나

여자, 매력적인 엄마 되는 법

이 서른일곱, 남편은 마흔넷. 셋째가 초등학교 입학하면 남편은 오십이 넘는다. 병원에서도 노산이라 기형아 정밀 검사를 해야 한다고 했다. 노산이라 자주 피곤했다. 주변 선생님들도 몸조심하라는 말을 해주었다. 첫째, 둘째보다 배도 빨리 불러오는 것 같았다. 하루 여덟 시간 학교에서 근무하기 쉽지 않았다. 뱃속에서 아기를 건강하게 키워서 낳는 일이 중요했다.

6년 만에 임신하고 보니 '모성보호시간'이 생겼다. 하루 2시간 일찍 퇴근해서 누워 있기 위해 교감 선생님을 찾아갔다. 새로 오신 교감 선생님은 신학기 첫날부터 일찍 퇴근하려 하냐고 말했다.

"교감 선생님, 임신 초기 장시간 근무가 힘들어서 그렇습니다. 제가 해야 할 일은 놓치지 않습니다."

"쓰지 말란 뜻은 아니고……."

이후 학교에서 다른 두 명의 임산부 선생님들은 나를 '백다르크'라고 불렀다.

집 가까운 병원을 선택했다. 4주에 한 번 정기검진을 받았다. 태아는 주 수에 맞게 잘 자라고 있었으나 임신성 당뇨 판정받았다. 정밀검사까지 했고 네 번 피검사에서 두 번 당수치가 기준을 넘었다. 산부인과 소견서를 들고 종합병원 가서 상담받았다. 의사는 나에게 매일 혈당을 잰 후 수치가 점점 올라가면 다시 병원에 올 것을 당부했다. 아침 공복 혈당, 점심 식사 두 시간 후 혈당을 검사했다. 출산 전까지 4개월간 하루 두 번 바늘로 손가락 끝을 찔렀다. 떠먹는 요구르트 하나가 갑자기 혈당 수치를 높인다는 사실도 처음 알았다.

셋째를 건강하게 낳기 위해 산모 교실을 수강 신청했다. 셋째 임신이지만 출산 과정의 진통이 두려웠다. 그래서 주 1회씩 4주 동안 공부하기로 했다. 1주 차에는 분만 중 호흡, 힘주기, 2주 차에는 임산부 체중 관리, 임산부 검사 관련, 아기와의 접촉의 중요성, 태담 터치에 관하여 강의를 들었다. 간호과장이 2주 차 마무리할 때 '이것 또한 곧 지나가리라'라는 말로 강의를 마쳤다. 만삭 임산부가 가지고 있는 마음의 부담을 덜어 주는 문구 같았다. 3주 차에는 제왕절개와 신생아 관리에 대해 강의 들었다. 자연분만을 선호하는 병원에서 두 아이를 출산했었다. 셋째 출산에서도 수술은 생각해 보지 않았다. 그러나 주치의의 제왕절개 강의는, 자연분만이 산모에게 더 낫다고 생각했던 나의 고정관념을 없애주었다. 제왕절개는 생명을 살리는 수술이라고 했던 말이 기억난다. 4주 차 태교와 모유 수유에 대한 강의까지 듣고 수료식에 참석했다. 첫째 가졌을 때 모유 수유 교실 한 번 참석한 적은 있었으나, 4주 차까지 산모 교실 강의 듣기는 처음이다. 셋째 덕분이다.

강의를 듣고 나니 자연분만에 대한 걱정도 조금 줄었다. 혼자 있을 때 진통이 오면 어쩌나, 남편이 일하러 간 사이에 아이들과 나만 집에 있다가 아기를 낳으러 가게 되면 나는 어떻게 해야 하나 등과 같은 걱정은 더 이상 하지 않게 되었다. 그날이 닥치면 그때 결정할 일이었다. 강의 덕분에 마음이 가벼워졌다.

출산 예정일 하루 전, 10월 3일 오전 10시쯤부터 진통이 왔다. 진통과 진통 사이가 6분 간격이었다. 오후 2시가 되어 2시 2분, 2시 7분, 2시 13분. 병원에 가기로 했다. 초등학교 4학년인 희수는 혼자 집에 있게 하고 일곱 살 희진이는 산부인과에 데리고 갔다. 남편은 대기실에 있는 희진이에게도 갔다가 분만실에 있는 나에게도 왔다가 바삐 움직였다. 당직하고 있는 박 원장은 남편에게 출산 진행 정도를 상세히 안내하였다. 출산하는 산모가 나 혼자뿐이었다. 남편은 박 원장의 친절함에 특별대우 받는 기분이 든다고 했다. 진통 중 인쇄되어 나오는 꺾은선 그래프가 눈에 들어왔다.

"선물이(태명)는 괜찮아요?" 간호사가 나에게 올 때마다 태아 상태를 물어보곤 했다. 산모 교실에서 응급 상황에는 수술을 결정해야 한다는 이야기를 들었기 때문이다.

대기실에서 기다렸던 희진이는, 지금도 동생이 태어날 때 엄마인 내가 진통 겪으며 낸 소리를 기억한다. 희진이 옆에 있었던 아빠는 아기가 태어나는 순간 분만실에 들어갔었다. 희윤이가 태어날 때, 혼자 의자에 앉아 울었다고 희진이는 가끔 이야기한다. 둘째 낳을 때도 마찬가지였지만 내 주변에 큰아이 맡길 곳이 없었다.

셋째 희윤이는 10월 3일 저녁 7시 6분에 개천절 베이비로 태어났다. 임신 기간 중 언제 키우나 걱정도 했다가 어떤 모습일까 기대했다. 개천절은 우리 가족 기념일이 되었다. 셋째가 초등학생이 되었다.

산모 교실에서 만났던 '이것 또한 곧 지나가리라' 문구가 맞았다.

"엄마 아빠가 나를 잘 돌봐줘서 고마워."

셋째의 말에는 엄마 아빠의 미소가 담겨있다. 희윤이 안 낳았다면 우리 집 분위기는 어땠을까 상상해 본다. 친구 좋아하는 중고생 둘 사이에 가족 간의 대화도 많지 않았을 터다. 가끔 열 살 차이 나는 큰언니한테 안겨 있는 모습에 웃음도 난다. 유치원을 졸업하고 나니 첫째 기준, 18년 육아의 터널에서 빠져나온 것 같다.

학교에서 유능하다 소리 듣고 싶었고 '승진'도 하고 싶었다. 셋째 출산 후 승진 대신 세 자매를 품었다. 직장과 가정 균형 있게 챙기면서 나도 배우고 성장하는 것이 새로운 목표가 되었다.

여자, 매력적인 엄마 되는 법

4
·
아이가 셋입니다

세 아이 엄마가 되었다. 아이가 한 명씩 늘어날수록 내 시간은 줄어들었다. 딸들 챙기느라 에너지는 몇 배로 더 들었고 나를 챙기는 시간은 내지 못했다. 막내가 어릴 땐 더 그랬다.

2018년 5월 11일 저녁, 집을 나섰다. 희수 6학년, 희진이 2학년, 희윤이는 19개월이었다. 다음 날 아침 9시 완도에서 한일 블루나래호를 타고 제주 서귀포 시댁에 가기로 했다. 쾌속선이라고 하니 승선할 용기를 내어 보았다. 비행기보다는 교통비가 저렴해서 5인 가족 여행 경비를 줄일 수 있다. 더군다나 24개월이 지나면 희윤이도 차비를 내야 하므로 그 전에 다녀오려고 생각했다. 차를 가져가려니 성인 차비보다 네 배는 더 드는 것 같았다. 어디 관광하러 돌아다닐 것 아니니 택시로 이동하기로 했다. 38,600원이었던 어른 표 한 장은 다자녀 할인 덕분에 1,500원만 냈다. 첫째와 둘째는 26,750원씩, 막내는 '좌석 없음 0원'이다.

문제는 따로 있었다. 김해에서 완도까지 가는 길이 만만치 않았다. 남편 공부방 일이 끝난 후 저녁 8시에 출발했다. 남편과 나, 초등생 둘만 이동할 때와는 상황이 달랐다. 희윤이를 카시트에 앉히니 울기 시작했다. 차만 타면 바로 잠들 줄 알았다. 동생 때문에 언니들도 자다 깨다 반복했다. 메니에르병 진단받은 적 있는 남편은 날카로운 희윤이 울음소리 때문에 인상을 썼다. 남편에게 어지럼증이 올까 염려되었다.

'지금이라도 되돌아갈까?' 차는 완도에 가까워지고 있지만 내 마음은 김해를 바라보고 있었다.

"아빠 나 화장실."

휴게소는 보이지 않았다. 남편은 액셀을 세게 밟았다. 희수를 위해 휴게소에 들어갔다 왔더니 이번에는 희진이가 속이 울렁거린다고 했다. 방금 지나온 휴게소를 되돌아갈 수는 없다. 희진이를 위해 창문을 열면 19개월 희윤이에게는 바람이 찼다. 세 아이 비위를 맞추다 보니 커피 얼음은 다 녹았다. 새벽 2시가 넘었다. 9시 승선이니 5시간 정도 쉴 수 있는 곳이 필요했다. 경비를 아끼고자 배를 타기로 했었다. 차에서 쉬다가 배 타려고 생각했던 것이 무리였음을 완도에 도착해서 알게 되었다. 4인 가족이었을 때 샀던 SM5. 카시트와 둘째 사이에 끼인 채, 나는 희윤이를 안고 있었다.

완도항 근처 보이는 모텔 몇 군데 들어가서 물어보니 5인 가족이 묵을 방은 없다고 했다. '두바이 모텔'이라고 쓰여 있는 곳에 남편이

들어갔다가 오더니 나보고 내리라는 손짓을 했다. 줄줄이 세 명을 데리고 들어서니 주인은 처음에 주려고 했던 침대방 대신 온돌방 열쇠를 내주었다. 늦은 밤 운전한 남편, 아기띠 매고 희윤이를 달랬던 나, 멀미했던 언니들까지. 온돌방에 드러누웠다. 잠이 쏟아졌다. 약간의 담배 냄새도 사라지는 것처럼 잠이 들었다. 희윤이만 말똥했다. 식구들 다리를 밟고 왔다 갔다 했다.

7시쯤 일어났다. 1박 2일 주차할 수 있는 곳을 찾았다. 그리고 편의점에 가서 아이들 먹일 음식을 골랐다. 가격이 싼 것 같지는 않았지만, 이른 아침에 여행객이 먹기 편리했다. 희윤이 빼고 모두 멀미약도 먹었다.

좌석번호를 찾아 자리에 앉았다. 2013년 장흥 노력항에서 탔던 오렌지호는 2시간 20분. 완도에서 타는 한일 블루나래호는 1시간 30분. 훨씬 빠르다. 아기띠 사용하여 희윤이를 안은 채 앉았다. 처음 배를 탄 희윤이는 두리번거렸다. 잠시 후엔 몸을 좌우로 흔들었다. 아기띠에서 나올 것처럼 내 다리를 차더니 만세를 했다. 엄마랑 안고 있어야 한다고 했더니 희윤이는 소리 지르기 시작했다. 아기띠를 풀었더니 통로를 왔다 갔다 하기 시작했다. 모르는 승객 옆에 가서 웃기도 하고 다른 사람에게 과자를 달라는 시늉도 했다. 블루나래호에는 놀이방이 있었지. 희윤이랑 가려고 하니 둘째 희진이도 따라나섰다. 희진이라도 아빠 옆에 있으면 좋으련만, 나이 차이는 여섯 살 나지만 아기 둘을 보는 기분이 들었다.

놀이방은 장난감이 있는 것은 아니었고 그저 폭신하게 꾸며놓은 정도였다. 희윤이는 놀이방에 들어갔다가 나왔다가 했다. 놀이방을 빠져나와 통로에서도 소리 지르며 뛰어다녔다.

혼자 감당이 되지 않았다. 희윤이를 잡으러(?) 다니는 것도 한계가 있었다. 희윤이 활동이 다른 사람에게 피해 주는 것 같았다. 눈을 감고 쉬고 있던 남편을 불렀다. 남편은 자리에서 일어나 희윤이를 안고 바다가 보이는 창가로 걸어갔다.

누구를 위한 나들이일까. 5월 5일에 가려고 했었는데 파도가 심해서 취소했었다. 시부모님은 괜찮다고 하셨지만, 손녀들 본다고 기대하셨을 텐데 안 가면 서운하실 것 같았다. 그래서 다시 배편을 알아본 것이다. '희윤이 말귀 알아들을 때 갈걸.'

1시간 30분이면 도착한다는 배는 여전히 바다 위에 있었다. 배에서 내리는 것 포함하여 2시간 걸렸다. 경비를 아끼는 것이 목표였다. 대중교통을 이용하려고 했었다. 캐리어 큰 것 하나, 기저귀 가방, 아이 셋. 버스도 택시도 눈에 보이지 않았다. 30분은 넘게 걸었다.

"엄마 언제까지 가야 해? 차 없어?"

조용하던 큰딸도 인내심의 한계가 왔나 보다. 눈앞에 보이던 맥도날드에 들어갔다. 다 먹지도 못할 것 같았는데 아이들은 원 없이 주문했다.

"안 되겠다. 우리 렌터카 예약하자. 카시트도 빌리고."

남편은 햄버거를 먹다 말고 렌터카 조회를 시작했다. 렌터카에 탔다. 아이들 손을 잡지 않아도 된다. 시부모님 계시는 서귀포까지 가려면 최소 1시간은 더 가야 한다.

식당을 하고 계시는 시부모님 거처 단칸방에서 세 자매와 함께 머물렀다. 시댁에서 하룻밤 자는데 숙소를 따로 잡으려니 시부모님이 서운하실 것 같아 그러지 못했다. 경비 아끼려고 배편 이용한 제주 방문인데 돈 쓰고 싶은 상황만 자꾸 눈에 보였다. 늦은 밤 식사하러 온 손님들 말소리가 주방 건너편에 있는 방에도 선명하게 들린다. 숨죽이며 잠을 청했더니 몸이 찌뿌둥했다.

다음 날은 오후 5시 50분에 제주항에서 완도로 출발했다. 배 안에서 머무는 일도 전날처럼 반복이었다. 게다가 김해 집까지 도착하려면 자정은 되어야 한다. 멀미에 지칠 법도 한데 희윤이는 전날과 같이 놀이방을 찾아 나섰다. 흔들리는 배 안에서도 잘도 뛴다.

제주에서는 에코랜드에 들렀다. 하늘이 어두웠다. 비가 쏟아지기 전엔 한 바퀴 돌아보고 싶었다. 세 아이 데리고 시댁 간 날. 에코랜드에서 희윤이가 앞장서서 걷고 희수, 희진이가 동생 챙긴다고 뒤따라가던 사진을 찍었다. 에코랜드 사진 속에는 배도 보이지 않는데 이 사진만 보면 배 탔던 기억이 난다. 그날 이후 배편은 알아보지 않는다. 세 아이 데리고 시댁 갈 때는 무조건 김해공항에 간다.

세 자매를 키우면서 제주도 시댁 말고는 여행은 잘 다니지 않는다. 근무하는 학교에서 가을엔 경주로 현장학습을 가게 되어 있었다. 여름 방학을 맞아 세 자매와 함께 불국사에 가보았다. 아기띠 할 필요도 없고 먹을 것만 사주면 차 안에서도 막내는 잘 앉아 있다. 이제는 배 타고 다시 제주도 가도 되지 않을까 싶다. 전라도 여행도 겸해서 말이다.

19개월이었던 막내는 1학년이다. 고등학생 큰딸과 중학생 둘째 딸도 친구들과 보내는 시간이 많은 걸 보니 다 컸다. 아이 셋 데리고 다닐 일은 점점 줄고 있다. 시간이 해결해 준다. 그리고 아이들 키우는 과정도 여행이었다. 열여덟, 열넷, 여덟. 세 자매랑 18년째 육아 여행 중이다.

5

•

100일 기념
어린이집 등원 시작

어딜 보내야 하나. 셋째 임신을 확인한 순간부터 어린이집 선택 때문에 걱정이 되었다. 둘째가 병설 유치원 입학 확정 후 "이제 다 해결했다."라고 내 친구들에게 말했다. 첫째 희수와 둘째 희진이 어린이집과 유치원 선택. 둘째 병설 유치원 4 대 1의 경쟁률에서 합격 종이 뽑은 순간까지. 보육 고민은 끝났었는데……. 또다시 셋째를 맡길 어린이집을 알아보고 있었다.

둘째가 다녔던 비테에어린이집은 원장님이 바뀌었다. 둘째를 키워준 선생님은 예크어린이집을 개원했다. 영아 자리는 없었다.

마흔넷에 셋째를 낳았던 혜영 언니가 샬롬어린이집을 소개해 주었다. 임신 4개월이었을 때 어린이집에 상담받으러 갔다. 차량 등·하원을 해주는 곳이다. 어린이집 원장님이 음식 재료를 자연드림에서 산다고 했다. 유아들 정원을 꽉 채워 받지 않는다고 설명했다. 원생들의 표정도 밝았다. 출산 후 석 달째인 1월부터 셋째 어린이집 적응 기간을 가지겠다고 약속했다.

차량 하원 부분에서 마음이 놓이지 않았다. 다섯 살 희진이가 다녔던 근처 나무향기어린이집에 자리가 있는지 물어보았다. 1월에는 자리가 없고 3월에 정원 생긴단다. 샬롬어린이집과의 약속을 깨고 3월에 가까운 곳에 보낼 것인가. 아니면 차량 운행의 도움을 받더라도 약속한 어린이집에 보낼 것인가. 소개해 준 언니의 강력한 추천 덕분에 약속을 지키기로 했다.

2017년 1월 6일 3개월이 된 희윤이는 처음 어린이집에 등원했다. 첫 주는 오전 3시간, 둘째 주에는 오후 4시간 적응 기간 가지기로 했다. 이후에는 종일반으로 생활하다가 4시에 어린이집 차량으로 하원한다. 출산 이후 단 1시간도 희윤이랑 떨어진 적 없었다. 등원 첫날 어린이집 문앞에서 희윤이를 선생님 품에 넘겼다. 차에 탄 뒤, "와!"환호성을 질렀다. 곧바로 한의원으로 산후풍 진료 가야 했지만, 아기 없이 나 혼자 외출이라 설렜다. 첫날부터 종일반 한다고 할 걸 그랬다.

"희윤이 키우면서 깨달았어요. 어린이집은 100일부터 와야 합니다."

희윤이를 3년간 돌본 원장님이 내게 한 말이다. 처음 입소했을 때 원장님은 희윤이가 모유 먹던 아기라 잘 적응할지 걱정했었다. 양가 부모님은 경북 성주와 제주도 서귀포, 멀리서 살고 계셨다. 아기를 돌봐줄 상황이 되지 않았다. 나와 남편은 매일 일했기 때문에 아기가 열이 나도 해열제를 챙겨 어린이집에 보냈다. 딸들은 봄과 가을에 자주 아팠다. 신학기에 학교 일에 집중해야 하는데 세 자매가 돌아가며 아프니 마음만 바빴다.

첫째 희수는 18개월부터 우리 아파트 옆 단지 A 어린이집에 보냈다. 개원한 지 얼마 되지 않았고 원장님도 좋아 보였다. 여기저기 알아볼 생각도 하지 않고 입학원서를 썼다. 1년 후 원장님은 학부모 회의를 소집했다. 원장님과 한 명의 교사는 보육 방식 문제 때문에 다툼이 있었다고 했다. 신학기 며칠 앞둔 시기에 몇 주 휴원한다는 말에 다른 엄마들은 어린이집을 옮기기로 했다. 나는 희수를 매일 원장님 댁으로 보냈다. 원장님이 다시 문을 열 때까지 희수를 봐주겠다고 했기 때문이다. 결국 어린이집은 문을 닫았다. A 어린이집 원장님이 소개해 준 비테에어린이집에 희수는 다섯 살까지 2년을 다녔다. 둘째 희진이가 100일 되던 날 같은 어린이집에 입소했다.

가끔 A 어린이집 네이버 카페에 들어가면 희수가 어린이집에서 활동한 사진을 볼 수 있다. 선생님께 안겨 모빌을 잡은 모습, 볼풀이 깔린 공간에서 미끄럼틀 타는 장면. 희수가 빠르게 어린이집에 적응한 덕분에 희진, 희윤이 어린이집 입소도 빨리 결정했다. 어느 어린이집을 선택할지에 대한 고민은 있었지만, 어린이집을 보낸다는 생각은 변함이 없었다.

20년 동안 1, 2학년 담임은 7년 맡았다. 저학년 담임으로서 아이

들을 보호하고자 일거수일투족 관찰했다. 화장실도 마음 편히 가지 못했다. 내가 맡은 학생들보다 어린 유아들을 돌보는 원장님과 교사들을 존경하게 되었다. 등원 이후 딸들은 자주 감기에 걸렸다. 가끔 이마에 혹이 나서 집에 올 때도 있었다. 선생님을 신뢰하고 있었기 때문에 나에게 문제 될 일은 아니었다.

그러나 한 번은 이해하지 못할 일도 있었다. 2014년 6월 5일. 희진이가 다섯 살 때였다. 나무향기어린이집에서는 저녁 7시 30분까지 희진이와 친구들을 맡았다. 선생님은 나와 남편에게 야간에는 B 어린이집에서 보육하면 늦은 밤까지 돌볼 수 있다고 전했다. 연구부장과 학년 부장을 동시에 맡아 늦은 밤까지 일했던 나는 선생님의 제안을 받아들였다. 4시 30분에 나무향기어린이집에 있던 희진이를 B 어린이집에서 데려갔다. 위치도 가까웠다. 희진이는 저녁까지 먹고 집에 왔다. 어느 날 저녁 희진이가 책장에 매달렸다가 떨어졌다. 오른쪽 눈 주변과 볼 한가운데에 멍이 들었다. 멍은 점점 얼굴 아래쪽으로 내려오고 있었다. 멍이 사라지기까지 3주 넘게 걸렸다. 야간 보육은 즉시 중지했다. B 어린이집 원장은 남편에게 30만 원의 위로금을 보냈다.

"그걸 왜 받아?"

"희진이 보약 지어주라고 준 건데 받아야지."

평소 아이들 등·하원을 챙기는 남편과 더 이상 싸우고 싶지는 않았다. 보약보다도 소문을 걱정한 건 아닌가 하는 마음이 들어서 남편에게 언성을 높였다. 여기저기 소문낼 사람도 아닌데 B 원장은 나를 수

준 낮게 보는 건가 하는 마음도 들었다.

"희진이 얼굴 왜 그래? 어린이집에서 애를 어떻게 본 거야?"

지인들 말 듣고 싶지 않아서 외출하지 않았다. 내가 괜히 학교에서 연구부장을 맡아서 희진이를 제대로 돌보지 못했다고 자책했다. 희진이가 다친 이후부터 나는 일거리를 챙겨서 퇴근했었다.

이 글을 쓰면서 세 자매 어린이집 등원과 생활을 되돌아본다. 속상했었던 일도 있었지만, 딸들 영유아기 시기가 무사히 지나간 사실에 감사하다.

태권도 학원까지 다녀온 막내 희윤이가 나에게 다가왔다.

"엄마, 숨바꼭질하자."

"엄마는 뚱뚱해서 숨을 때가 없어."

"엄마, 내가 찾아도 못 찾은 척해줄게, 얼른 숨어."

"엄마는 숨바꼭질 안 하고 싶어."

"엄마는 일을 좋아해. 엄마는 일을 좋아해."

나는 일하는 엄마다. 유아교육 전문가들 덕분에 '직장맘'이 될 수 있었다.

6
·

모유 수유 96개월 (28+30+38)

2019년 7월 김유라 작가는 유튜브 방송에서 "모유 수유 56개월 했어요."라고 말했다. 나는 채팅창에 91개월이라고 적었다. 그날 네이버 블로그 희윤이 육아 기록에 다음과 같이 메모했다.

(33개월 20일) 20/907.22 희윤 모유 떼기? 찌찌 끊는 건가? 56개월 모유

수유 김유라 작가도 놀란 나의 모유 수유 28+30+33~9/개월 넘음

이제 모유를 뗄 수 있을까?

며칠 전 그리고 오늘 2회째 찌찌 안 빨고 나보고 발가락 주물러라 하면서

잔다. 아기 아니라서 찌찌 안 먹는단다.

블로그 메모한 날부터 모유를 뗄 수 있을 줄 알았다. 희윤이는 2019년 12월까지 모유를 찾았다. 모유가 주식은 아니었지만 38개월씩이나 모유 수유를 오래 하고 싶지는 않았다. 태어난 지 3개월 만에 어린이집에 보냈기 때문에 희윤이는 엄마의 품이 그리웠을 수도 있다.

가슴에 안고 있을 때마다 오늘이 막내의 마지막 수유라는 마음이 들었다. 단호하게 젖을 떼지 못했다.

문제가 생겼다. 희윤이 어금니에 까만 점이 보였다. 급히 어린이 치과에 예약 없이 방문했다. 어금니 4개를 은니로 씌워야 했다. 41만 원 견적 나왔다. 희윤이에게는 이빨 때문에 이제 찌찌를 먹을 수 없다고 말해줬다. 다섯 살 되는 1월 1일부터 젖을 빨지 않았다. 단유 3주 후 '엄마샘 모유 수유'에 연락하여 6만 원짜리 단유 마사지를 받았다.

스물일곱부터 시작한 모유 수유로 인하여 내 가슴은 어릴 적 본 우리 할머니 가슴처럼 변했다. 여름철 대청마루에 윗옷 없이 앉아 계셨던 할머니 몸매랑 똑같다.

첫째 희수 키울 때도 첫돌 때 단유에 실패했다. 희수는 젖을 줄 때까지 울었다. 막 걷기 시작한 아기는 나에게 안겨 스스로 젖을 찾고 수유브라를 당겼다. 두 돌까지 먹이면 정서적으로 좋다는 국제 모유 수유 전문가의 말로 인해 28개월까지 수유했다. 내 몸무게는 47킬로그램. 빈혈도 생겼다. 산부인과에 가서 단유 약을 처방받았다. 희수는 하룻밤 손으로 입을 막고 잠을 청했었다. 잘 참아주었다.

둘째를 낳으면서 수유 자세를 바꾸었다. 누워서 먹이는 일이 많았다. 덕분에 잠결에 모유 먹이는 일은 수월해졌다. 자고 일어났을 때 내 모습은 젖소 그 자체였다. 수유브라의 성능이 얼마나 좋은지 아기가 브래지어를 당기면 다 해결되었다.

육아 전쟁에서 모유는 만병통치약이었다. 잠투정하면 모유, 차에서도 울면 모유, 자다 깨도 모유. 희진이와 희윤이는 100일까지 모유 수유일지를 기록해 두었다. 어느 쪽 모유를 먹였는지 몇 시 몇 분에 수유하기 시작했는지 메모했기 때문에 젖몸살도 나지 않도록 관리할 수 있었다.

출산휴가 이후 직장생활에서는 유축 시간을 규칙적으로 확보하지 못했었다. 결국 유선염으로 입원했다. 학교 강당 학예회를 준비하면서 방송 업무를 맡고 있었다. 2008년 12월, 그 당시 강당 학예회 실시간 동영상을 교실 TV로 전송하는 일을 해야 했다. 학예회가 다가올수록 방송이 해결되지 않았다. 유선염, 고열이 나는 상황에서 3일간 병가를 냈다. 학예회 당일, 나 대신 작년 방송 업무 담당자가 성공적으로 학예회 방송을 내보냈다. 내가 없어도 학교는 잘 돌아간다는 사실을 발령받은 이후 처음으로 알게 되었다.

모유 수유, 돈이 안 든다고 생각했었다. 그러나 자동 유축기를 직장과 집에 한 대씩 두고 사용하려니 20만 원 넘었다. 둘째 낳고 3년 만에 유축기를 작동시켜 보니 한 대는 고장 나서 다시 사들였다. 셋째 낳았을 때도 또다시 구매했다. 터울 때문이다.

모유 패드는 중요한 물건이었다. 수유브라 안에 일회용 모유 패드를 붙이지 않으면 모유가 흘러 윗옷을 젖게 만든다. 모유 패드 살 때마다 가격 비교했던 기억이 선명하다. 저렴하게 샀던 패드는 실오라기 같은 것이 가슴에 묻어나왔다. 쓰다 버렸다. 수유할 때 아기 입에 들어갈까 걱정했다.

학교에서 유축할 때도 아이마다 상황이 달랐다.

첫째 때에는 보건실에서 유축기를 사용했다. 두 번 시간을 확보할 수는 없어서 점심 식사 후 1회 모유를 짰다. 모유 저장 병에 담아서 보냉 가방에 보관했다. 검은색 가방을 들고 다니니 동료 교사는 도시락을 싸서 다니는 줄 알았다며 모유 가방의 존재에 대해 신기해했다.

둘째 낳고 100일 후 출근했을 때는 5학년을 맡고 있었다. 점심시간, 아이들이 안전사고가 날까 염려되었지만, 유선염 걸릴까 봐 유축을 시도했다. 연구실 옆 잡동사니가 쌓인 공간에서 칸막이를 펼친 후 유축했다. 직장맘 모유 수유는 불편했지만, 유축한 모유를 다음 날 희진이가 잘 먹어줄 때 흐뭇했다.

아이 셋 입맛도 가지각색이다. 셋째는 해동한 모유를 먹지 않았다. 냉동실에 모유 보관도 6개월을 넘길 수 없다. 어느 날부터 모유를 짜서 세면대에 버렸다.

"하수구에 영양을 주네." 자주 혼잣말 해댔다. 셋째를 키울 때는 2

학년 담임하고 있었다. 아이들 하교한 후 교탁 의자에 앉은 채 수유용 앞치마를 목에 두르고 가슴에 유축 깔때기를 갖다 대었다. 유축하고 있는데 반 학생들이 갑자기 앞문을 벌컥 열고 들어오는 경우도 많았다. 그러고는 아이들은 교실 문을 닫지 않고 집에 간다. 환장하겠다. 유축을 일시 중지하고 윗옷을 정돈한 후 문을 닫으러 갔다.

나는 고모가 되었다. 올케는 모유 수유를 오래 하지 못했다. 내가 세 아이 육아의 터널에서 빠져나오고 있는 지금, 올케에게 네 몸부터 챙기라고 말한다.

"언니, 세 명 키운다고 고생 많았죠?" 올케의 말에 힘이 난다.

여자, 매력적인 엄마 되는 법

7

·

육아휴직은 그림의 떡

돈 없다. 육아휴직, 그림의 떡이다. 결혼 전, 남편은 서른하나에 신라대 컴퓨터교육과에 편입했다. 4학년 1학기를 마친 후 휴학했다. 그리고 대교 눈높이 컴퓨터 방문수업을 시작했다. 나와 결혼한 후 수학 과외를 시작했고 희수가 태어나기 전에 대학 4학년 2학기 공부를 마쳤다.

진주교대를 졸업한 후 3월 발령, 12월 결혼한 나는 모아둔 돈이 없었다. 남편도 나도 학자금 대출, 생활비 대출이 해결되지 않은 상태에서 결혼했다. 친정아버지는 공무원인 나를 자랑스럽게 생각하셨다. 내가 재수할 때 성적이 좋지 않다고 여기고 경북대 사학과 특차 모집에 지원했다가 아버지의 반대로 면접에 가지 않았다. 그 후 정시모집에서 진주교대에 합격했다. 그래서 아버지는 나의 교대 입학과 교사 생활이 모두 아버지 덕분이라고 말씀하신다. 아버지는 화물차 운전기사였다. 일거리가 없으면 나에게 회사에 낼 돈을 받아 가셨다. 한 달에 20~50만 원 사이에서 월급날이 되면 돈을 보내라며 내게 전화했다. 남편은 수학 과외를 하다가 수학 공부방을 집 거실에서 운영했다.

남편의 수입은 불규칙했다. 아버지는 나에게 돈을 가져갔고 남편은 월급을 가져오지 못했다.

신규로 발령받아 첫 달 140만 원을 받았다. 교사는 대출도 쉬웠고 카드도 잘 만들 수 있었다. 2008년, 카드를 더 이상 해결할 수 없어서 카드값을 내지 않고 현금을 모두 찾았다. 카드사의 독촉 전화가 오기 시작했다. A 카드의 추심 전화 받았던 경험 이후 전화벨은 무음으로 해둔다. 그 당시 친정아버지는 심근경색으로 응급 수술을 받았고 나는 병원비도 감당해야 했다. A 카드사는 영대병원 환자 확인 전화까지 했고, B 카드는 집에 있는 물건마다 압류 딱지를 붙였다. 수입에 비해 과한 지출을 한 내가 문제였다. 카드값 90일간 연체되었다. 신용회복위원회 지원받기 위해 서류 접수했다. 8년간 신용회복위원회 빚을 갚았다. 현금으로 살았다. 희진이가 편도염으로 5일 입원을 해야 했을 때 내 손에 8만 원밖에 없었다. 다인실에 입원한 후 8만 원보다 입원비가 더 나올까 마음 졸였던 기억도 가지고 있다.

셋째를 낳고 병원에 입원해 있었을 때 행정실 직원이 나에게 전화했다.

"선생님, 나이스에 육아휴직 기록이 없습니다. 언제 하셨는지 알려주세요. 보고해야 합니다."

"육아휴직 한 적 없습니다. 그래서 기록이 없을 겁니다."

전화받았던 그날, 당장이라도 육아휴직 신청하고 싶었다. 셋째까지 낳았지만 돈 없어 한 번도 육아휴직 못 했던 나. 육아휴직 수당도 오른다지만, 그 돈으로 생활비 감당은 어려웠다. 아기 옆에 함께 있지 못하고 출산휴가 끝나면 또다시 출근해야 한다.

월급이 모두 없어지고 나면 다음 달까지 견뎌야 할 때도 많았다. 그럴 때마다 남편에게 돈을 더 벌어오라고 요구했다. 내가 N잡이 가능했다면 했을 것이다. 나는 공무원이다. 추가 수익을 만들 사람은 남편뿐이었는데 셋째를 집에서 돌보면서 회원은 점점 줄었다. 나는 시간을 내어 공부방 운영 도서를 정독한 후 홍보 방법과 회원 모집 등을 알려줬다. 학부모에게 신뢰를 줄 수 있도록 학생 기록지, 학생 성적 변화 과정, 출석부, 특이 사항 서류 만들어서 교사인 남편이 유리하게 써먹으라고 했으나 남편은 움직이지 않았다. 신입 회원 모집은 잘되지 않았고 그만두는 회원 붙잡기 위해 설득하지도 않았다.

20년 동안 초등 교사로 일하고 있다. 셋째 희윤이 기준으로 육아휴직 기회는 남아 있으나, 쓰지 못할 것 같다. 육아휴직에 대한 내 생각을 세 가지로 정리한 후 미련을 가지지 않게 되었다.

첫째, 나는 생계형 교사이므로 정년퇴직을 목표로 삼는다. 양육과 경제에 대한 부담이 크다. 직업을 잃지 않도록 해야 한다. 교사 중에는 자기 적성과 맞지 않아서 간혹 사표를 내는 예도 있었다. 그러나 나는 학교 일에 대하여 힘들다는 하소연 대신 해결책을 찾는 일에 더 집중한다. 학교 일해서 받는 스트레스보다 학교 일을 할 기회를 가진 것에 우선 감사하게 생각한다. 교대 입학과 임용고시 합격, 발령 등 전 과정은 내가 노력한 결과이지만 신규교사를 뽑는 기회조차 없었다면 나의 노력은 의미 없었을 것이다. 특히, 남편이 중등 정보·컴퓨터 임용고시에 두 번 응시해 본 결과 초등 교사로 생활하고 있는 것 자체에 더욱더 감사하게 생각되었다.

둘째, 나는 학생들에게 유익한 배움의 기회를 줌으로써 보람을 느낀다. 월급도 받고 휴가, 병가도 보장되어 있어서 감사한 직업이지만 교사로서의 소명 또한 잊지 않으려고 애쓰고 있다. 학교 교육과정 운영은 기본이고 교과 수업할 때 그림책, 동화책을 활용하여 수업 연구하고 있다. 학생들은 내가 읽어준 책을 좋아했고 선생님 덕분에 책이 좋아졌다는 말을 자주 듣고 있다.

학생들에게 매일 글을 쓰도록 권하고 있다. 1년간 쓴 시와 에세이로 책 두 권을 만들었다. 교사 작가로서 내가 배운 출판 과정을 학생들에게도 적용했다. 3월 첫날 담임으로 만나 '망했다'라는 생각이 들었다던 학생은 내년에도 나를 담임으로 만나고 싶다고 말한다.

셋째, 남편은 주부이며 주 양육자임을 인정한다. 우리 집은 남편과 아내의 역할을 서로 바꾸었다고 생각하기로 했다. 남편도 자신이 주부이며 아이들을 등·하원 시키고 병원에 데려가는 등 세 자매를 챙기는 일에 자부심이 있다. 낮에는 교사로 일한다. 밤에는 자기 계발을 위해 공부한다. 내가 공부하는 내용이 언젠가 수익으로 돌아올 거라고 기대한다. 〈자이언트 북 컨설팅〉 라이팅 코치 과정을 수료한 이후, 출간하고 강의하는 방법을 공부하고 있다. 영재교육 강사, 기초학력 향상 지도 강사, 경남 학생 대상 쌍방향 수업도 놓치지 않고 운영했다. 학교 안에서 학급 수업과 담임 역할도 벅찰 때 있지만 부지런히 움직인다.

육아휴직은 그림의 떡이다. 셋째도 학년이 올라가기 때문에 육아휴직 기회는 더 이상 없다. 그러나 그림의 떡 때문에 나를 초라하게 여기지는 않으려고 한다. 경제적 어려움 속에서 배운 것이 무엇인지 찾는다.

카드사 추심은 그들의 할 일을 하는 것이며 빌린 돈을 갚지 못한 것은 내 잘못이다. 신용회복위원회 8년 세월 덕분에 빌린 돈을 완납했고 현금으로만 생활하는 법도 익혔다.

사람과 상황은 쉽게 변하지 않는다. 내 생각과 행동만 바꿀 수 있다. 남편과 나의 다른 점을 인정한다. 돈 때문에 남편을 비난하지 않는다.

남편이 세 자매를 챙겨주는 덕분에 아내인 나는 공부하고 강의 준비도 한다. 그리고 이렇게 책도 쓴다. 육아휴직은 해본 적 없지만, 육아휴직 없는 세 자매 육아 이야기가 나의 콘텐츠다.

8

·

이사, 이사 또 이사

결혼한 지 17년 만에 집을 샀다. 아파트 벽만 그대로일 뿐 전체 리모델링을 했다. 내 방보다 희수 방이 더 크다. 희수를 위한 퀸 크기의 항균 매트리스가 집에 도착했다. 며칠이 지나도 침대 프레임은 오지 않았다.

"희수 아빠, 침대 프레임 왜 안 와? 도착할 때가 한참 지났는데."

남편은 매트리스 아래 이미 프레임을 깔아두었다고 했다. 내 눈에는 보이지 않았다. 나무 판때기를 하나 깔아놓았다. 나는 수납형을 원했다.

"이제 뭐야? 반품해." 반품이 안 될 수도 있다는 남편의 말에 나무 판때기 버리라고 말했다.

보르네오 수납형 서랍 침대 프레임 퀸으로 주문했다. 침대는커녕 책상 하나 없이 공부했던 나의 열일곱 시절은 다시 채울 수 없지만 희수에게는 넓고 좋은 환경을 만들어 주었다.

퇴근 후 현관문을 열고 들어오는 순간 호텔에 온 것 같다. 입구부

여자, 매력적인 엄마 되는 법

터 거실까지 걸어가는 공간은 책장 비치로 인해 도서관이 되었다.

신규교사로 발령받은 후 열 평 원룸에서 살았다. 보증금 500만 원에 월 30만 원이었다. 월세가 부담되어 20만 원 하는 원룸으로 옮겼다. 공인중개사에게 15만 원을 냈다. 수수료가 있다는 사실도 처음 알았다. 계약기간이 끝나기도 전에 무턱대고 원룸을 옮긴 바람에 석 달 치 월세는 보증금에서 빠졌다.

두 번째 원룸은 결혼과 동시에 신혼 방이 되었다. 여름이 다가오자, 에어컨을 설치하려고 했다. 집주인은 절대 벽을 뚫으면 안 된다고 했다. 호스가 통과할 만큼 창문 유리를 깬 후 에어컨을 설치했다.

2006년 10월 24일 희수를 낳고 원룸에서 아기를 키우기 시작했다. 2층 주택 유리창 구멍으로 바람이 들어왔다. 보일러 온도는 항상 높여 두었다. 아기 희수는 비염이 심해서 가습기를 사용했다. 벽지에 얼룩이 생긴 것 같았다. 물티슈로 닦으니 까맣게 묻어 나온다. 곰팡이였다.

남편이 신청해 둔 임대 아파트 입주자로 선정되었다. 21평이다. 두 배 넓은 곳에 이사 갈 수 있다. 희수 생후 6개월. 원룸에서 아기가 기어다닐 공간이 없었다. 마침 임대 아파트 계약서 쓰러 오라는 전화를 받았다. 대략 보증금 2,000만 원에 월 임대료 10만 원이었던 것 같다. 방이 두 칸이고 거실과 주방도 환하게 트여 있었다.

남편과 나, 희수는 처음으로 아파트에서 살아보는 것이었다. 2010

년 희진이를 낳고 2016년 희윤이를 낳았다. 희진이가 두 살 때부터 남편은 거실에서 공부방을 운영했다. 벽마다 가로 120센티미터 5단 책장도 세워 두었다. 책, 세 아이의 짐, 공부방 책상 의자 세트. 점점 좁아졌다.

공부방 수업이 시작될 때는 베란다에 있던 책상 의자를 거실로 꺼내 교실로 만들었다. 학생이 모두 집에 가면 책상과 의자는 차곡차곡 베란다에 쌓았다.

12년 살았다. 좁았지만 버텼다. 나와 세 딸은 아빠의 회원이 집에 들어서는 순간부터 숨을 죽이고 살았다. 임대 아파트에서는 2년마다 보증금을 올렸다. 신용회복위원회 8년 빚을 갚는 동안 새 주거지 장만을 위한 대출은 할 수 없었다.

2018년 12월이었다. 8년 상환도 끝난 지 1년 넘었다. 《내 집 마련 불변의 법칙》을 읽고 동네 부동산을 한번 둘러볼까 하는 생각이 들었다. 희윤이 친구 유주 엄마와 함께 집 근처 부동산에 갔다가 우리 집 길 건너편 아파트를 구경했다. 소개받은 2층은 영어학원으로 운영 중이었다. 거실이 확 트여 있어서 마음에 들었다. 월세로 내어둔 집을 전세로 돌리면 어떤지 부동산 소장은 집주인과 통화를 했다. 버팀목 대출을 신청하여 2019년 1월 20일 이사했다. 방 두 칸에서 세 칸이 되었다. 첫째 희수에게도 둘째 희진이에게도 자기만의 방을 줄 수 있었다. 이삿짐은 6톤 견적 나왔다. 도로를 사이에 두고 옆 단지로 이사했다. 희수가 입학할 중학교도 베란다에서 보였다.

시간은 금방 흘렀다. 3년을 전셋집에서 살다가 둘째 희진이 병원 가는 길에 푸르지오 단지를 지나갔다. 내가 한 번 더 이사한다면 1동 2층에 살고 싶었다. 이 집이 매물로 나올지는 몰라도 나온다면 중학교와도 가까워서 남편 수학 공부방 학생들도 하굣길 동선이 짧아질 것 같았다. 첫째 희수가 진학할 고등학교도 가까워서 야간 자율학습 후 안전하게 집에 올 것 같았다.

푸르지오 단지만 네이버 부동산 매물 알림을 설정했다. 2주가 지나 2층 매물이 나왔다는 알람이 떴다. 부동산 소장과 함께 집을 보러 갔다. 리모델링할 예정이었기 때문에 집 상태와 관계없이 계약했다. 연봉이 더 올라가기 전, 디딤돌 대출을 할 수 있는 마지막 해였다. 결혼생활 세월만큼 짐도 늘었다. 10톤이었다.

결혼할 때부터 넓은 집에서 생활했다면 지금처럼 공간에 대한 기쁨을 가지고 있을까. 결혼 20년 된 지금 아침에 눈뜰 때마다, 화장실을 사용할 때마다, 딸들이 각방에서 문 닫고 친구들과 비밀스러운 통화와 게임을 할 때도 감사하다.

학창 시절 나의 부모님은 내게 환경적인 지원은 해주지 못했다. 책상 하나 없이 공부했었다. 공부 1등 하면 책상 의자 세트 사달라고 엄마에게 졸랐던 기억을 가지고 있다. 공부가 내 인생에서 유일한 희망이었다. 가끔 친정집에 5인 가족이 방문할 때면 큰딸은 좁고 낡은 한옥을 불편해한다.

"엄마가 불편한 공간에서도 잘 살아냈지?"

"응. 엄마 대단하네. 그런데 빨리 김해 가자. 해외여행 말고는 나 김해 두고 다니면 좋겠어."

곰팡이가 있던 원룸에서 기어다닐 공간 없이 6개월까지 살았던 큰딸. 고등학생이 되어 자기 방에 친구들을 데려올 때 나는 미소를 짓는다. 열 평 원룸에서의 시작이 있었기 때문에 지금의 환경에 감사할 수 있다. 이사를 하고 싶었으나 갈 수 없었던 시절을 버텼다.

신용 회복 과정도 이사도, 내 마음먹는다고 당장 해결할 수 있는 일은 아니었다. 학창 시절 우리 부모님도 경제적으로 풍요로웠다면 얼마나 좋았을까 하는 아쉬움을 가지고 살았었다. 남편이 월급이 안정된 회사에 다녔다면 어땠을까 하는 생각까지 가지고 있었다.

환경은 내가 당장 바꿀 수는 없다. 현실을 두고 속상해했던 내 마음을 긍정적으로 돌리는 것은 가능했다. 학교 일이 바빴거나 세 아이 육아로 정신없이 하루 보낼 때, 걱정과 근심 대신 그날 해야 할 일에 집중했던 시간이 있었던 점은 작가가 된 나에게 귀한 경험이다.

스스로 힘들다며 마음 가라앉는 횟수가 줄었다. 마음 추스르고 '오늘'을 열심히 하는 자세를 가지게 되었다.

제 2 장

탈출구가 필요해

1

·

미쳐 버릴 것 같았다

퇴근하자마자 아기를 안았다. 여유 시간이 없었다. 미쳐 버릴 것 같았다. 네 새끼 네가 돌보는 데 뭐가 그리 힘드냐, 반문할지도 모르겠다. 밤중 수유로 푹 자지 못한 채 출근해서 2학년 어린이들과 시간 보냈다. 어린이집 하원 차량이 우리 아파트 3, 4라인에 서 있다. 퇴근을 서두른다. 한숨이 나왔다.

월요일에는 직원회의가 있다. 교감 선생님은 육아시간 사용 교사들도 회의는 모두 참석하라고 했다. 어린이집 하원 차량은 3시 40분에 어린이집에서 출발한다. 집마다 돌아다니다가 마지막으로 4시 20분에 우리 집 앞에 멈춘다. 시계를 계속 쳐다본다. 4시 40분 퇴근이지만 회의가 더 늦게 마칠 때도 있다. 회의가 끝나자마자 옆 건물 1층 돌봄 교실에 혼자 남아 있는 둘째 희진이를 챙겨서 나온다. 희진이 손을 잡고 뛰어간다. 희윤이가 차량에서 답답해하면 선생님은 아기띠를 한 채 밖에 나와 있다. 4시 40분에 희윤이를 안고 9층 우리 집에 올라간다. 거실에는 학생들이 한참 수학 공부하고 있다. 희윤이랑 작은 방에 들어가자마자 수유부터 한다. 수유 중 잠이 들기를 바란다. 어떻게 하면 방구석 육아를 편안하게 할 수 있을까 싶어 '아기 상어' 유튜브를 보여준 적도 많다. 아기과자를 종류별로 사기도 했고 치발기 던진 희윤이에게 지퍼백 한 통을 줄 때도 있다. 지퍼백을 뽑아내는 몇 분은 내 시간이다. 멍때리기만 하더라도 말이다.

희윤이가 두 돌이 되었을 때 오른쪽 무릎이 시큰거렸다. 어린이집 차량 하원 시간은 정해져 있고 저녁 시간까지 공부방 운영하는 남편은 희윤이를 돌볼 수 없다. 조퇴하고 병원에 다녀야 할 형편이었다. 통증 때문에 자다가 깼다. 방바닥에서 일어설 땐 무릎 통증이 더 심해졌다. 학교 수업만 겨우 마무리해 두고 동네 빵집 건물 3층에 있는 가정의학과에 갔다.

"퇴행성 관절염입니다. 매일 물리치료 받으러 오세요."

내 나이 마흔도 되지 않았는데 퇴행성 관절염이라니. 수유 중이었기에 약 처방은 받을 수 없었다. 당분간 조퇴해서라도 물리치료에 집중하고 싶었다. 병원 다닌 지 일주일. 희윤이가 열이 나기 시작했다.

아동병원에 두 달 전에 기관지염으로 입원했었는데 또 입원이다. 희진이도 폐렴으로 희윤이랑 같은 병실에서 생활하게 되었다. 며칠 뒤에는 6학년이었던 희수가 독감으로 입원했다.

남편이 아침 7시까지 병원에 와야 내가 출근할 수 있다. 남편이 5분 늦을 때마다 학교 지각할까 안절부절못했다. 남편이 타고 온 스파크를 내가 타고 갈 수 있다면 좋았을 텐데 장롱면허였다. 버스 정류장까지 뛰어간다. 26번 버스를 타고 집에 가면 7시 30분 넘는다. 학교 수업만 겨우 마무리한 후 조퇴한다. 병원으로 1시 30분까지는 가야 남편이 2시부터 일을 할 수 있다.

입원한 녀석들이 먹다 남은 밥으로 저녁을 때우기도 했다. 공부방 수업 마친 후 애들 아빠가 포장해 온 밥을 먹을 때도 있다. 병원에서는 잠도 푹 자지 못한다. 하루씩 버틴다. 열이 떨어져서 다행이다 싶다가도 무릎이 자주 아파서 이마가 찌푸려진다.

희윤이가 골 부리는 날에는 한 대 때리고 싶었다. 희윤이 여섯 살. 하원 할 때 유모차를 가져갔었다. 비 오는 날. 유모차에 씌우는 비닐 커버가 보이지 않았다. 낡은 유모차 비 좀 맞아도 문제 될 것 없었다. 희윤이에게 비옷을 입힌 후 유모차에 앉힐 생각이었다. 비옷을 찾으러 왔다 갔다 하려니 눈치 보인다. 거실에는 남편과 회원들이 수학 공부를 하고 있었다. 유모차 없이 내 우산은 펼쳐서 쓰고 희윤이 우산을 접어서 들고 갔다. 희윤이가 유치원 입구에서 나를 보더니 신고 있던 신발을 발로 찼다.

"희윤아, 축구하면 안 되지." 선생님이 말씀하신다. 그리고 선생님은 실내화를 신발장에 넣었다.

우산을 들고 있어서 손잡고 가기 어렵다. 희윤이가 나를 피해 집 반대 방향으로 걸어간다. 그리고 길을 건너려고 했다. 나는 달려가서 희윤이 팔을 잡았다.

"거기 아니야. 옆으로 가자."

"엄마, 내 옆에 오지 마. 내 뒤에서 따라와."

"안 돼. 희윤이가 차 다니는 길로 가면 위험해서 엄마가 옆에 서서 가야 해."

"나, 길 알아."

두 손으로 우산을 잡고 희윤이가 달리기 시작했다.

"엄마가 희윤이 잡고 같이 가야 해."

"나도 길 건널 수 있어."

우산을 팽개쳤다. 쓰고 있던 머리띠는 엄마 때문에 삐뚤어졌다고 소리 지른다. 희윤이 우산은 망가졌다. 빵집과 카페가 있어서 횡단보도 주변은 정차된 차들로 복잡하다. 건물 지하 주차장에서 차도 빠져나온다. 한 번만 더 길을 건너면 우리 집이다. 희윤이가 찻길로 뛰어들까 긴장이 되었다. 코너를 돌아야 하는데 또 엉뚱한 횡단보도를 건너려고 한다. 희윤이 옆으로 다가갔다. 희윤이는 다시 우산을 던졌다. 아파트 울타리 쪽으로 뒷걸음질 치다가 장미에 희윤이 뒤통수가 부딪혔다. 집에 안 가겠다고 소리를 지른다. 집에 가자고 희윤이 등을 밀었더니 희윤이는 고여 있는 빗물을 발로 찼다. 내가 입고 있던 바지가 젖어버렸다.

"희윤아 우산 다 망가졌어. 우산 버려야겠다."

"오늘 나한테 왜 그래?"

거실에서 수학 가르치던 아빠한테 갔다. 우는 희윤이 옷을 잡아끌고 내 방에 들어왔다. 희윤이를 달래야 하는데 달랠 기운이 없다. 거실에 있는 학생들이 수학 공부에 방해되면 회원은 한 명씩 그만둔다. 가계부에 문제 생긴다. 희윤이도 알고 있는 것 같다. 아빠가 가르치는 학생이 집에 와 있을 때는 엄마, 아빠가 원하는 바를 잘 들어준다는 사실을.

미처 버릴 것 같은 내 마음을 어딘가에 하소연하고 싶었다. 지친 내 마음이 회복되어야 아이들을 돌볼 수 있다. 희윤이가 떼쓰면 나름의 이유가 있겠다고 생각해야 한다. 학교에서 쓴 에너지로 인하여 집에 오면 내 딸들 이야기 들어줄 마음의 여유 없이 기분은 가라앉았다. 왜 이렇게 애 많이 낳아서 인생 고단한가 하는 생각도 들었다.

이럴 때 필요한 자세가 있다. 바로 '초심'이었다. 임신과 출산을 세 번 경험했다. 임신성 당뇨 검사와 기형아 검사 등을 하면서 뱃속에서 건강하게 태어나기만을 바랐다. 태어났을 때 손가락 발가락 열 개씩 확인했다. 호흡은 잘하는지, 아픈 곳은 없는지 살폈다. 모유나 분유를 양껏 먹지 않았을 때도 건강하게 자라기만을 원했다. 희윤이가 떼를 쓴다는 것은 어린아이지만 자신의 기분을 표현하는 방법이다. 만약 희윤이가 아프다면 떼쓸 기운도 없을 터다.

교실 속에서 자주 말한다. 부모님이 너희들에게 잔소리한다면 그건 부모님이 건강하시기 때문이라고. 내 아이 건강한 사실에 감사해야 한다. 세 번째 육아지만 늦게 엄마로서 철이 들어간다.

직장맘으로서 학교와 집에서 수고하고 있는 점은 스스로 알아주되 기분에 얽매여 내 처지는 한탄하지 않고자 나를 살펴야겠다. 나는 딸을 셋이나 낳은 복 많은 엄마라고. 미쳐버릴 것 같아, 보통 일이 아니야, 환장하겠네 같은 말 버리기로 마음먹었다. 매력적인 엄마는 말부터 바꾸어야 한다는 점 기억하기로 했다.

2
·
도서관을 찾다

'김해 율하도서관'이 생겼다. 남편, 2학년 희진이, 21개월 희윤이와 같이 방문했다. 2층 어린이실에는 텐트 크기의 작은 집이 있다. 희윤이가 안으로 들어간다. 어린이실에 간 이유는 내가 동화책을 읽기 위해서였다. 남편이 희윤이를 데리고 먼저 집에 가면 좋겠다는 생각도 들었지만, 도서관에서 희윤이도 책을 봤으면 하는 마음도 있었다. 희윤이에게 읽어줄 보드 북을 꺼냈다. 희윤이가 잠시 넘겨보더니 책꽂이에 정리된 아기 책을 모두 꺼내어 바닥에 던진다. 옆 책꽂이의 책도 만지기 시작했다. 언니가 보던 만화책도 잡아당긴다.

공부방 의자 끄는 소리가 들렸나 보다. 아랫집에서 항의하러 왔었다. 그 후 희윤이가 집에서 뛰기 시작하면 나는 예민해진다. 어린이도서관에서 뛰어다니는 모습을 보니 자주 데리고 오고 싶다. 그러나 나는 희윤이 따라다니느라 책을 읽을 수 없었다.

일주일 뒤, 혼자 도서관에 왔다. 2층도 제대로 보지 못했지만 3층과 4층이 궁금했다. 문학전집이라고 쓰여 있는 곳에 민음사 문학전집이 두 권씩 차례대로 꽂혀 있었다. 새 책 냄새가 났다. 책을 읽은 흔적도 없다. 책장 사진을 찍어보았다. 이곳이 내방이면 좋겠다고 생각했다.

집에는 좁은 방 피아노 위에도 책을 쌓아두었다. 희윤이 키우느라 집 안 정리 정돈에 신경을 쓰지 못했다. 방구석에서 소리 내지 않고 머물러주는 것이 남편과 우리 가족을 위한 일이었다. 갑갑한 집에서 벗어나 도서관 책장을 보니 마음도 차분해졌다.

도서관에서 《미니멀 라이프 수납의 룰》을 펼쳤다.

"불필요한 물건이 공간을 차지하고 있는 것이 더 아깝지 않을까요?"

허를 찌르는 문장 한 줄 발견했다. 우연히 펼친 책 덕분에 우리 집 책꽂이 정리할 마음이 생겼다.

희진이가 첫돌이 지났을 때였다. 학교 도서관 업무 담당자였기에 '김해 기적의 도서관' 개관식에 초대받았다. 내빈 축사 등 개관식이 끝나기를 기다렸다가 도서관 안에 들어갔다. 가장 먼저 주황, 노랑, 연두색이 보였다. 낮은 책장 주변에는 아이들이 속 들어가 책 볼 수 있는 공간도 많았다. 2층에는 매트가 넓게 깔려 있어서 엎드린 자세로 읽을 수 있었다. 신데렐라 마차 느낌이 나는 책상, 의자 세트도 설치

되어 있었다. 근무 시간 중 출장이었지만 아기를 키우며 지쳐 있었던 마음을 잠시 달랠 수 있었다.

'김해 기적의 도서관'에서 《동희의 오늘》 임은하 작가가 북토크를 한다는 소식을 들었다. 나와 희진이는 작가님을 만나기 위해 참가 신청했다. 작가님을 만나기 한 시간 전에 도서관에 도착했다. 각자 도서관 안에서 하고 싶은 일을 했다. 희진이는 만화책도 읽고 학습지도 풀었다. 나는 책장을 구경했다. 개관한 지 10년이 지났다. 책장은 3단에서 5단으로 높아졌다. 책장이 낮았을 때의 아담함은 없어진 것 같아 아쉬웠지만 높아진 책장과 책장 사이에 숨어서 책 구경하면 아늑할 것 같다. 1시간 동안 책장 구경하면서 《그림책이 내게로 왔다》, 《그림책 톡톡 내 마음에 톡톡》과 만났다. 우연히 마주한 책이 나를 끌어당기는 것 같다.

경남교육청에서는 학교 건물을 활용하여 '김해 지혜의 바다' 도서관을 만들었다. 개관 당시에는 가보지 못했다. 수업 준비로 그림책이 다양하게 필요할 때 가보았다. 혼자만의 시간이다. 업무와 힐링을 동시에 챙길 수 있었다. 여름이 다가오니 캠핑을 주제로 하여 책이 진열되어 있었다. 캠핑 미니어처 소품이 책에 더 관심 두게 해주었다. '김해 지혜의 바다' 1층 그림책 전시대에는 어른을 위한 그림책이 꽂혀 있다. 나를 위한 책 읽기가 곧 업무 준비이다. 《할머니의 여름휴가》와

《나는 매일 도서관에 가는 엄마입니다》 두 권을 빌렸다. 책 제목만 읽었을 뿐인데 휴가차 도서관에 온 것 같았다.

18년째 세 자매 육아 중이다. 대체공휴일 도서관 쉬는 날 '그림책을 읽다'에 가서 《신기한 물꼭지》 어영수 작가를 만났다. 그림책도 살펴보고 책장 앞에서 사진도 찍었다. 벽에는 이중레일 책장이 있었다. 그림책은 표지가 보이게 세워져 있다.

"작가님 이 공간 너무 멋져요. 혹시 빌려주시나요?"

"아직 빌려준 적은 없습니다만, 여러 선생님과 함께 그림책 읽고 토론하고 싶어요."

잠시 나갔다가 집에 오니 아이들을 챙길 힘이 생기는 것 같다.

나는 도서관에서 쉰다. 책으로 단장한 공간 덕분에 재충전한다. '김해 지혜의 바다' 도서관에는 일인용 소파도 있고 방석도 있다. 책 읽다가 잠시 졸아도 문제가 될 것 없다. 도서관 책장을 배경으로 하여 내가 좋아하는 책 사진을 찍거나 내 모습을 찍어본다. 사진을 찍는 순간, 시간 쫓기며 살았던 일상도 일시 정지되는 것 같다. 아이 셋 직장맘의 탈출구로서 도서관을 다니다 보면 문장 한 줄 읽는 횟수도 늘어날 것 같다.

누구에게나 탈출구는 필요하다. 탈출구까지 생각해 본 적 없는 사람들도 카페에서 커피 한 잔 마시거나 동네 한 바퀴 걷는 방법을 통해 잠시 일상에서 벗어나기도 한다. 세 아이를 두고 혼자 도서관을 찾는다. 오직 '나', 온전히 내 이름으로 불린다. 대출증에 적혀 있는 '백란현'이란 이름으로. 엄마도, 교사도 아니다. 오직 '나'다. 무인 대출 기계도 있지만 사서 선생님 앞으로 가서 한 마디 건넨다.

"선생님, 제가 쓴 《조금 다른 인생을 위한 프로젝트》는 없네요. 비치 희망 가능할까요?"

3

·

행복 교육이란 무엇인가

존버 정신으로 버텼다. 퇴근 후 애들 챙기는 일만 겨우 해결했다. 청소, 정리 정돈 포기했다. 하루하루 별 탈 없이 넘어가길 바랐다. 빨리 커라는 말만 반복했다. 희윤이 임신했을 때부터 두 돌까지 내 일상은 똑같았다. 근무 시간을 빼면 집에서는 먹고, 치우고, 쉬는 행동 외엔 특별할 게 없었다. 하고재비같은 내 모습이 사라졌다. 변화가 필요했다.

'대한민국 행복 교육 프로젝트' 공짜 연수가 눈에 들어왔다. 강사는 《굿 라이프》를 쓴, 서울대 심리학과 최인철 교수다. 공문을 보기 전까지는 강사가 유명한 사람인지도 몰랐다. '행복을 가르치자'라는 연수 부제에는 동의가 되지 않았다. '행복'을 굳이 가르쳐야 하는가. 행복은 개개인이 알아서 할 문제라고 생각했다. 그러나 만약, 최인철 교수가 내게 행복하냐고 묻는다면 바로 대답이 나오지 않을 것 같았다.

"교사가 행복해야 학생이 행복하다!"

청소년의 행복 지수를 높이기 위해서는 인생에 대한 올바른 가치관 형성과 꾸준한 행복 연습이 필수적입니다. 그래서 학생들이 긍정적 가치관 형성하고 생활 속에서 꾸준히 실천하고 연습할 수 있도록 도와주어야 합니다. 행복의 비결 발견 및 행복을 습관화할 수 있는 다양한 방법을 제시하고자 합니다.

연수 정보를 읽어본 후 행복은 가르쳐야 하는 것, 교사는 가르칠 게 많다는 생각이 들었다. 나 먼저 행복하기 위한 연습이 필요했다. '관점 바꾸기, 감사하기, 비교하지 않기, 용서하기, 행복 교육설계' 등 30시간 연수를 듣기 시작했다. 다른 원격연수는 출석률과 시험만으로 연수 이수증을 주던데 행복 연수는 과제도 있었다. 실천하지도 않을 거면서 형식적으로 과제 하는 일을 싫어한다. 교실에 적용해 보기로 하고 과제를 작성했다.

어떤 마음으로, 무엇을, 누구와 함께 행복 수업을 해볼 것인지에 대한 교실 실천 내용은 아래와 같다.

-주석초등학교 4학년 6반 학생들과 《일수의 탄생》의 일수를 중심으로-

1. 매일 매일 한 명씩 반 친구들 모두가 칭찬 샤워 시간을 가질 때 반 친구들의 행복 지수(10점 만점을 기준으로)의 변화를 비교해 본다.

2. 차인표, 신애라 가정의 입양과 관련된 영상을 보여준다. 차인표, 신애라 가정에 감사한 내용이 있는 것처럼 각자의 가정에 감사한 내용을 국어 (4학년 2학기 2단원 마음을 전하는 글쓰기) 시간에 작성한 후 부모님께

전달한다.

3. 《일수의 탄생》 '일수의 생활'과 내 삶을 비교해 보고 일수를 학습에 함께 하는 친구로 받아들인다. 일수가 우리 반 친구들과 비교를 당했을 때, 일수 입장에서는 어떤 기분이 들었을지 생각을 나눈다. 일수의 삶, 일수 부모님 삶의 모습도 존중하는 마음을 가진다.

4. 주어진 시간에 《일수의 탄생》을 집중하여 읽은 후, 내 감정을 감정 카드에서 고른다. 고른 이유도 메모한다.

5. 4학년 6반 친구 중에 국어 수행평가를 위한 영화 'UP'을 보여준다. 영화에 관해 이야기 나눌 시간을 준 모둠과 이야기 나눌 시간 주지 않고 영화와 관련 없는 일인일역 역할을 바로 시작하는 모둠으로 나눈다. 두 모둠의 수행평가 결과를 비교해 본다.

6. '친구 되는 멋진 방법'이라는 노래를 아침 활동 전에 함께 부르고 가사 중에서 내가 실천할 가사 내용을 포스트잇에 적어 책상 위에 붙인 후 하루를 시작한다.

행복 수업은 '학생들이 공부를 잘하는가'와는 별개다. 삶의 만족감과 행복감을 높이는 방법에는 무엇이 있는지 학생 스스로 질문을 던지도록 해준다.

행복 교육 연수와 행복 수업 실천을 통해 두 가지 알게 되었다. 첫째, 선생님 행복을 먼저 챙겨야 한다는 것과 둘째, 행복 교육은 하루아침에 효과가 나타나지 않는다는 것이다.

신애라 배우는 입양에 대해 '버려진 아이가 아니라 지켜진 아이'라고 생각한 것처럼 '행복'을 느끼기 위해서는 학생들이나 나에게도 '관점 바꾸기'가 가장 필요했다.

직장생활을 하면서 세 아이를 돌보는 일은 힘든 일이 아니라 바쁜 일이었다. 그래서 나를 챙기는 시간이 부족했을 뿐이었다. 습관적으로 내뱉던 '힘들다, 죽겠다'라는 말을 줄일 필요가 있다. 앞으로도 학교 일과 아기 돌보는 일을 먼저 해야겠지만 짧은 시간이라도 나를 위해 뭔가를 해봐야겠다고 생각했다. 연수의 힘이다. '행복 연수' 듣는 한 달 동안 내 마음은 편안해졌고 하루를 살아낼 에너지가 생겼다. 그러나 유효기간 딱 한 달이었다.

약 1년 후 셋째가 34개월 되었을 때다. 2019년 여름방학 때 우리 학교에서 연수가 열렸다. '그림책 감성수업과 하브루타 질문 독서로 가꾸는 행복한 공감 교실'이다. 연수 신청 목적은 '그림책' 공부였다. 그러나 강사 문지영 수석교사 강의의 절반 정도는 함께 하는 선생님들의 '행복'에 초점을 맞춘 것 같다. 4일간 연수 중 첫날에는 한 명씩 자아 선언문 카드를 뽑은 후 돌아가며 큰 소리로 읽었다. 함께 한 선생님들은 하나같이 '나에게 딱 필요한 문장'이라고 말했다. 연수 시간에 내가 뽑았던 문장은 '나는 어떤 일도 해낼 수 있는 무한한 잠재력을 가지고 있는 사람이다.'이다. 연수 중 소리 내어 읽었다. 그리고 집에 돌아와 책장에 붙였다. (지금도 붙어 있다.)

셋째 날 연수에서 강사는 그림책과 다소 관련 없어 보이는 《5가지 사랑의 언어》를 활용하였다. '사랑의 언어'에 대해 이야기를 꺼내면서 사람마다 사랑의 탱크 크기는 다르다고 했다. 5가지 사랑의 언어로 배우자와 자녀가 원하는 언어로 채워주자는 주제로 강의는 이어졌다.

연수 중 '나의 자녀와 배우자의 탱크는 얼마나 자주 채워야 할까?'라는 질문에 돌아가며 대답했었다. 다른 사람들이 발표하는 동안 '나'의 탱크는 얼마나 비어있는지 생각해 봤다. '행복' 글자 들어간 연수를 들으면서 나의 탱크는 강의 듣기로 채워지는구나 싶었다.

강의 듣는 시간만큼은 내가 교사도 아니고 엄마도 아니고 오직 나 자신이었다. 그러나 연수를 듣고 '행복한 마음'을 느끼는 기간이 길지 않았다. 계속 공부해야 하는 이유다.

연수를 들으면서 내가 강의 듣는 시간을 좋아한다는 점도 알게 되었다. 인사 기록 카드를 보면 2020년에는 연수 이수 시간이 293시간이나 되었다. 나에게 탈출구는 배우는 시간이었다. 배우는 사람은 매력적이다.

4

•

미라클 미드나잇

드라마를 좋아한다. 방영 중 드라마, 종영 드라마 모두 즐긴다. 2019년 여름, 〈미스터 션샤인〉과 〈60일 지정생존자〉를 시청했다. 〈미스터 션샤인〉은 사회 시간에 학생들에게 보여줄 장면이 있는지 찾아보려고 검색했다가 이병헌, 김태리 배우의 연기에 빠졌다. 〈60일 지정생존자〉의 지진희 배우는 〈애인 있어요〉에서도 본 적 있다. 〈애인 있어요〉 '최진언'은 아내를 버린 죽일 놈이었는데 〈60일 지정생존자〉 '박무진'은 나라를 구할 대통령으로 변신했다.

드라마는 낙이다. 아이 셋 엄마이지만 시청 시간만큼은 내가 주인공인 것 같다. 다른 세계로 순간 이동하는 기분마저 든다. 1회를 보기 시작하면 최종회까지 놓치지 않는다. 이틀 투자하여 결말을 알아낸다. 종영 드라마는 방송사 일정과 관계없이 날마다 이야기 속으로 빠져들 수 있다. 때로는 같은 장면을 반복해서 시청한다. 설렘과 감동이 있는 대사를 듣고 또 듣는다. 드라마 볼 수 있는 가장 완벽한 시간은 아기가 겨우 잠든 밤 11시부터이다.

우연히 김유라 작가가 자신의 유튜브 채널에서 책을 소개하는 영상을 봤다. 자기 계발이나 경제 위주로 알려주었다. 김유라 작가는 책 핵심 내용을 명확하게 전달해 주었다. 마치 내가 책을 한 번 훑은 것처럼 느껴졌다. 김유라 작가는 유튜브 라이브 방송도 했었는데 시청 인원 150명이 되면 춤을 춘다. 자신 있고 유쾌한 모습 덕분에 저절로 웃게 된다. 삼 형제 키우며 책 읽고 집밥 해 먹는 모습에서 진솔함을 느꼈다. 방송 중 집 정리가 되어 있지 않아도 시청자의 공감을 얻으며 편히 라이브 하는 모습도 마음에 들었다. 내 주변도 엉망이었지만 잠자고 있는 희윤이 옆에서 이어폰 낀 채 라이브를 시청하고 있었다. 어느 날 방송에서는 자신이 이미 유튜브에서 리뷰 방송을 한 책, 밑줄 그어져 있어도 볼 사람들에게 책을 나눠주었다. '세자매맘백쌤'이라고 닉네임을 미리 댓글 창에 적은 후 기다리고 있다가 김유라 작가가 순간 말하는 숫자를 닉네임 옆에 붙여서 재빨리 채팅창에 전송했다. 덕분에 독서 주제로 묶인 책《스케일》,《초서 독서법》,《책은 꼭 끝까지 읽어야 하나요》를 선물 받았다.

방송 중 한 번씩 '미라클 미드나잇'하자는 말을 들었다. 라이브 방송이 12시쯤 마치면 30분에서 1시간 정도 책을 읽었다. 블로그에 '미라클 미드나잇'이라는 기록도 남겼다. 기록으로 남긴 횟수는 며칠 되지 않는다. 2019년 8월 15일《불량한 자전거 여행 2》동화책을 읽고 블로그에 책 일부를 기록했다. 이 책은 등장인물 호진이가 부모의 이혼 위기를 자전거 여행으로 극복하는 내용이다.

'나도 저렇게 살고 싶었는데 서로 도와주고, 칭찬하고, 예쁘다고 하고 손잡고 함께 늙고 싶었는데 나도 나도' 부분을 읽다가 갑자기 눈물이 났다. 호진이 엄마가 노부부를 바라보면서 혼잣말을 한 내용이다. '나도 저렇게 살고 싶었다'라는 말은 책 내용과 관계없이 내가 살고 싶은 모습은 무엇일까에 대해 생각하는 계기가 되었다. '임신-출산-육아' 돌이표처럼 지나가고 있는 내 인생에 대하여 순간 울컥했던 것 같다.

'미라클 미드나잇' 두 번째, 세 번째 날에는 감성적인 책을 뒤로 하고 경제 도서를 찾아 읽었다. 첫날 울컥한 게 생각나서 민망했기 때문이다. 한두 문장 블로그에 입력해 두니 제법 '미라클 미드나잇'을 성취한 것 같았다. 네 번째 날에는 하브루타 질문 독서에 관해서 책을 읽고 스마트폰으로 몇 자 메모했다. 2019년 블로그 미라클 기록은 여기까지다. 4일 만에 중단했다.

학기 중, 학교 일정을 따라가다 보면 내 생각을 돌아볼 만한 마음의 여유가 없었다. 다자녀를 키우고 있는 직장맘이 일이 밀려 퇴근 못 하면 큰일이다. 그날 해야 할 일을 마무리해 놓고 퇴근하는 게 목표였다. 학년마다 행사 준비로 바쁠 때는 청소도 못 하고 퇴근한다. 다음 날 아침 일찍 출근하여 교실 바닥 청소를 한 적도 있다. 정리 정돈 못 하고 퇴근한 날에는 교탁 위에 교과서와 서류가 섞여 있어 아프더라도 병가 못 내겠다는 생각도 해보았다. 방학이 되면 교실 수업은 없다. 학기 중보다는 생각할 여유가 생긴다. 내 삶에 대해 돌아보게 된다. 변화는 필요하다.

미라클 미드나잇 4일 도전한 것을 연결(?)하여 1년 후 2020년 8월 3일 "Miracle Midnight 다시 시작"이란 제목으로 기록을 이어 갔다. 《미국·캐나다 여행 일기장》을 읽고 책 속 보물 문장을 블로그 본문에 베껴 썼다. 그러고는 '작년 여름에 김유라 작가님 라이브 방송 몇 주 듣고 김유라 작가님 책 읽다가 Miracle Midnight를 하기로 했는데 블로그 기록을 보니 4번뿐이네요. 5회부터 다시 시작하렵니다.'라고 덧붙였다.

2020년 8월도 일주일하고 그만뒀다. 횟수를 두고 이야기한다면 미라클 미드나잇에 대하여 추천하는 말은 못 할 것 같다. 그저 여름방학 기간 자정에 책을 30분 읽고 책 속 문장 몇 줄이라도 블로그에 기록으로 남긴 것이 그나마 지금 글 쓰는 삶에 조금 영향을 주었다고 생각해 본다. 며칠 동안은 드라마보다 책이 조금 더 좋다는 생각도 해보았다. 문장을 읽고 워드 쳐 보는 시간만큼은 책에만 집중할 수 있어서 자주 해보고 싶었다. 가계부, 학교 일, 부모님, 아이들 공부 등의 걱정이 사라졌다. 내가 드라마를 즐기는 이유도 이러한 이유일 터다. 드라마 내용에 몰입하는 순간에는 걱정이 없다. 챙길 것 많은 내 삶에서 잠시 벗어난 기분이었다.

탈출하기 위해 미라클 미드나잇 독서를 시도해 보았다. 대단한 성공이라고 생각해 보지 못했는데 블로그를 읽어본 후 '기록'이 미라클임을 알게 되었다.

'2019년 8월 16일 나의 삶과 가치관 변신하는 중'이라는 제목을 달고 기록한 블로그 글에는

2019년 8월 15일 날짜를 시작으로 미라클 미드나잇 2일째

또 다른 변화가 생기길 기대하는 중. 핵심 키워드가 생각난다.

작가의 꿈(동화책 작가)

다자녀 직장맘인 내가 짧은 미라클 시간을 통해 '작가의 꿈'을 메모해 두었다. 드라마 시청 대신 잠시 읽고 쓴 기록에 소름 돋는다.

나는 지금 에세이스트가 되었다. 이름난 동화 작가는 아니지만, 교육대학원에서 아동문학교육을 공부한다. 단편 동화도 써보고 서로 평가도 해보았다. 에세이든 동화든 키보드 두드리는 이 순간에는 탈출 성공이었다.

시간 지나고 나니 책 읽기와 문장 베껴 쓰기는 일상을 벗어나는 도구가 아니라 하루를 지키는 습관이 되었다. 습관은 일상을 지키고 사십 대 엄마가 도전할 꿈도 가지게 해주었다. 도전하는 엄마는 매력적이다.

여자, 매력적인 엄마 되는 법

5
·
베껴 쓰기

밤 11시. 김유라 작가 라이브 방송을 듣다가 사연 하나를 만났다. A 엄마는 눈에 문제가 생겨 수술받게 되었다. 일상생활에는 큰 지장 없었으나 책을 읽을 때 불편했다. A 엄마는 김유라 작가가 《배움을 돈으로 바꾸는 기술》을 소개하는 유튜브를 듣게 되었다. 방송에서 책 읽을 시간 없을 때 오디오북을 듣는다는 이야기를 듣고 A 엄마는 김유라 TV 방송 내용 필사를 시작했다. 두 달간 77회 책 소개를 듣고 필사하면서 시력보다 청력에 집중했다. 175회 필사 기록한 블로그를 통해 시력이 예전보다는 좋아졌다고 소식 전했다. A 엄마는 눈 때문에 책을 보는 게 편하지는 않았으므로 책 읽기보다 필사하게 되었다고 한다.

A 엄마의 필사 이야기에 나도 베껴 써 볼까 생각했다. 2019년 6월 3일부터 시작했다. 희수, 희진이가 쓰다만 공책을 펼쳤다. 책을 읽다가 마음에 드는 문장을 발견하면 따라 적었다. 쪽수도 문장 옆에 기

록했다. 발췌하여 손 글씨로 써보니 평소보다 책에 더 집중하게 되었다. 줄 공책에 주로 쓰지만, 칸 공책, 받아쓰기 등 공책 종류는 상관없었다. 원하는 공책 속지를 찢어서 클립 파일에 꽂았다. 동화, 자기 계발, 경제, 교육 등 분류하여 기록한 공책을 정리해 보니 내가 주로 읽는 책이 동화와 교육서인 것도 알게 되었다. 필사 때문에 책 읽는 속도는 더디지만, 필사 시간을 갖지 않았다면 스마트폰을 만지고 있었을 것 같았다. 한두 페이지를 읽더라도 공책에 쓰는 시간 덕분에 마음이 차분해졌다.

그러나 읽은 책마다 필사할 수는 없다. 뒷이야기가 궁금한 책은 한두 문장만 베껴 쓰고 다음 페이지로 넘어갔다. 책만 사두고 읽지 않았기 때문에 매일 다른 책을 골라 읽었다.

《독서 천재가 된 홍 팀장》을 읽다가 베껴 쓴 부분을 친구에게 보여주었다. "질문의 수준이 삶의 질을 결정한다"를 읽으면서 '삶의 질'이란 단어가 눈에 띈다. 잠시 짬을 내어 한두 문장을 베껴 썼더니 마음이 고요해졌다. 일이 몰려 한숨 쉬었던 횟수도 줄어들었다.

《무경계》에서 내가 발췌한 문장도 함께 보았다. "무언가에 가치를 두면 둘수록 그것의 상실이 두려워진다. 다시 말해, 우리가 안고 있는 문제들 대부분은 경계로부터 비롯된, 경계가 만들어 낸 문제라는 것이다." 묵직하다. 정확하게 무슨 뜻인지는 몰랐지만 좋은 말인 듯하여 메모했다.

《한 학기 한 권 깊이 읽기에 빠지다》를 읽으면서 긴 문장 하나를

여자, 매력적인 엄마 되는 법

베껴 썼다.

"학생들이 주인이 되는 독서. 학생들이 주인이 되어 선정한 책을 꼼꼼히 함께 읽어 가면서, 학생들의 요구와 바람을 담아 생각을 나누고 감동을 더해 갈 때, 책 읽기가 학생들의 삶에 깊숙이 들어와 나를 돌아보고 다른 사람을 자신의 세계에 함께 안으려는 마음을 갖게 할 것이다."

저자의 마음이 곧 내 마음과 같았다. 일과 육아에서 벗어나고자 필사했건만 긴 문장 덕분에 학교 독서 단원 추진에 대한 열정이 끓었다. 당장 다음날 학교에 가서 가정통신문을 발송했다. 독서 단원을 위해 자녀에게 지정한 책 한 권 구매해서 학교로 보내달라는 내용이었다.

1년 후 《감성 글쓰기》를 읽기 위해 아침 6시 30분에 일어났다. 다른 사람에 비해 새벽이라고는 볼 수 없지만 백작의 미라클 모닝이란 제목을 붙였다. 하루에 글 한 편을 전부 필사했다. 필사한 부분 일부를 사진을 찍어 블로그에 올렸다. 필사 부분에 대한 내 생각도 짧게 덧붙였다. 독서, 필사, 포스팅을 통해 《감성 글쓰기》 김진향 작가와도 댓글로 소통했다. 삶의 범위가 확장되는 기분 마저 들었다.

2020년 11월 24일에는 '사람이 스토리다'라는 제목으로 28, 29쪽을 필사했다. "그 사람만의 콘텐츠가 흥미 있고 유익하다면 더 꾸준하게 본다.", "유명한 사람들의 이야기가 아니어도 좋다." 두 문장에 밑줄 그었다. '나의 콘텐츠는 무엇일지 계속 생각하게 된다. 나에게 익숙하고 평범한 학교 이야기를 풀어낸 교육서도 자주 눈에 띈다. 학습법과 독서법도 많이 출간된다. 에세이 또는 육아서. 요즘 이러한 장르 고민을 계속한다. 올해 안에 고민 끝내고 싶다.'라고 필사 글 뒤에 내 생각을 적었다.

27일에는 '이로운 글쓰기'와 '기록의 중요성'이란 제목으로 필사한 공책을 사진 찍어 포스팅했다. 34쪽 "자신의 감정에 취해 쓰는 글이 되지 않도록 주의를 기울여야 한다.", "나는 블로그, 인스타그램, 페이스북에 매일의 활동을 기록하고 콘텐츠로 만들어 왔다. 그런 결과물들을 모아서 한 권의 책이 되었다." 부분에 대해 나의 글쓰기 습관을 되돌아보기도 했었다.

'일하다가 받은 스트레스를 카카오스토리에 하소연하듯 자주 늘어놓았다. 그리고 시간이 흐른 후에 기록한 내용이 부끄러워 카카오스토리 서비스 탈퇴했었다. 매일 블로그 포스팅하되 나의 감정에 취해 쓰지 않도록 주의하자. 매일 포스팅하는 글이 내 책이 될 수 있도록 하자.'

책을 읽고 필사하는 순간에는 꼬리에 꼬리 물듯이 떠오르는 생각을 메모했었다. 아마도 책을 보지 않았다면 생각나지 않았을 내용이었다. 나에게 필사는 적극적인 독서이다. 책을 사서 보관만 했다. 좁은 집 미니멀 라이프가 필요하다는 생각에서 펼치지도 않은 책을 중고 서점에 팔기도 했다. 그렇게 정리한 책은 내게 다시 필요해지기 마련이고 또 사들였다. 더디게 읽더라도 책은 펼쳐야 한다. 베껴 쓰고 내 생각도 덧붙이는 과정은 서툴지만, 내가 맡은 역할에서 잠시 벗어난다는 기분으로 베껴 쓰기를 맛보았다.

컴퓨터로 워드 치다가 볼펜으로 문장을 베껴 써보니 나의 글씨체를 다시 들여다보게 되었다. 내가 자음, 모음을 이렇게 쓰는구나, ㄹ은 매번 갈겨 쓰는구나. 펜 종류에 따라 나오는 글씨체도 달랐다. 고등학생으로 되돌아간 기분이다. 큰딸을 위해 가던 문구점에서 나를 위한 제트스트림 볼펜을 0.38, 0.5, 0.7 사이즈 별로 전부 다 샀다. 공책에 글씨를 꾸준히 써보면 칠판 글씨도 예뻐질 것 같다. 손 글씨 많이 써본 20년 선배는 칠판 글씨가 바탕체로 가지런하다. 나의 경우 공개수업 때 칠판에 단원명을 쓸 때면 여러 번 썼다 지웠다 반복했다.

네임펜으로 쓰는 글씨체는 볼펜과 전혀 다르다. 볼펜은 둥그스름하게 쓰지만, 네임펜은 각진 모양으로 한 글자씩 쓴다. 네임펜이 공책에 닿을 때의 쓱쓱 힘 있는 소리가 듣기 좋다. 학생들 미술 작품에 붙이는 이름표를 프린트하지 않고 네임펜으로 27명 이름을 적어보았다. '란현체'로 아이들 이름을 써준다.

아이 셋 직장맘. 집에 오면 보이는 일거리 때문에 산만하다. 잠시 손에 잡히는 책과 쓰다만 공책, 똥 나오는 볼펜으로 책 속 문장을 베껴 써보았다. 공책에 남긴 문장은 지금도 내 옆에 보관되어 있다. 베껴 쓰기는 엄마에게 필요하다. 탈출구를 넘어 매력 있는 사람이 되게 만들어 준다.

6

.

플루트 하다-말다-하다

진주교대 다닐 때 일본어 학원비를 결제했었다. 담당 교수님에게 교환학생 지원할 의사도 밝혔다. 그러나 일본어 학원은 다니다 말았다. 신규교사로 발령받자마자 근처 재즈 피아노 학원에 등록했다. 3개월 다니다가 그만두었다. 결혼도 하지 않았었고 아기도 키우지 않았었는데 뭐가 그렇게 바빴을까 싶다. 김해 그림책 모임에 들어갔다. 매주 작가별 그림책을 모아 읽고 토론했다. 선생님들과 김밥과 컵라면 먹으면서 학교 이야기 나누다 보니 신규로서 몰랐던 학교 행정에 대해서도 알게 되었다. 9월에 만들어진 모임인데 1월에 그만 나가겠다고 말했다. 시작은 했으나 끝까지 해본 적 없는 일 허다하다.

음악에 대한 미련이 있었다. 교대 입학하면서 전공을 선택할 때도 과학교육, 수학교육, 음악교육 순으로 신청했다. 음악교육을 1순위로 쓰고 싶었지만, 레슨비에 대한 부담을 느끼고 있었기 때문에 포기했었다. 교대 앞에서 26번 버스를 기다리는 영희는 자기 몸보다 커 보이는 첼로 가방을 메고 다녔다. 나도 '음악교육' 타이틀을 가지고 싶었다. 학부에서는 가지지 못했지만, 대학원에서 음악교육을 전공하면 어떨까 싶어 모집 요강을 살폈다. 신규 시절 알아본 교육대학원 음악교육 석사과정에는 실기시험이 있었다. 피아노로 실기 준비를 해 볼까도 생각했다. 동료 정옥 선생님이 나에게 베토벤 곡 연주를 가르쳐 주었다. 손가락이 마음대로 움직이지 않아서 포기했다. 몇 달 지나서 다시 대학원 음악교육이 생각났다. '플루트', 이거다 싶었다. 교대 다닐 때 3개월 배운 적 있었다. 다시 악기를 꺼냈다. 교회 문화강좌에서 플루트 레슨을 받았다. 점점 소리가 깔끔해졌다. 좋아하는 CCM 연주해 보는 것까지는 가능했다. 레슨 시간에 핑계를 대고 빠지는 횟수가 점점 늘어났다. 흐지부지 중지되었다.

8년 만이다. 둘째 희진이를 다섯 살까지 키웠을 때, 다시 플루트를 배우고 싶었다. 이번에도 목표는 대학원 입시였다. 마트 문화센터 플루트 강좌를 알아보았다. 성인 수업은 늦은 밤이었으나 초등학생 수업은 퇴근 시간과 비슷했다. 선생님이 일찍 와도 된다고 해서 직장맘의 플루트 레슨이 다시 시작되었다. 입시용 한 곡을 빠르게 배우면 좋겠는데 선생님은 삼호뮤직 출판사 《플루트 교실》로 연습하자고 했다. 플루트 운지법은 맞지만, 플루트 들고 있는 자세가 좋지 않았다. 얼굴을 정상 자세보다 좀 더 들고 있었고 플루트 머리 부분을 잡아주는 왼손 손목을 바깥쪽으로 꺾은 채 잡고 있었다. 플루트를 떨어뜨릴까 봐 나도 모르는 사이 손 자세가 틀어진 것이다. 선생님이 강조할 때만 자세를 바로잡았었다. 잘못된 자세는 연주할 때도 박자를 놓칠 정도로 문제가 되었다. 3개월 봄 학기가 마무리될 때는 대학원 목표는 생각도 나지 않았다. 숨차게 계속 문화센터 다녀야 하나 싶었다. 수강생들이 모여 을숙도 문화회관에서 공연해 본 이후 플루트 레슨을 중지했다. 입시용 연주보다 쉬운 곡 '거위의 꿈'과 '사랑의 인사'를 연습해서 무대에 섰지만, 악보도 외우지 못했다. 연주자 중에 혼자만 보면대를 세우고 연주했었다. 플루트는 나랑 맞지 않은가 보다 생각했고 악기도 처분했다.

대학 입시용이 아닌 좋아하는 곡 연주용으로 플루트를 다시 배우기 시작했다. 또다시 6년 만이었다. 시간이 많이 흘렀기 때문에 무대에서 연주한 곡도 소리가 잘나지 않았다. 셋째 희윤이가 네 살이 되던 해 봄학기 문화센터 수강 신청했다. 매주 가겠다는 계획을 버리고 격주로 참여하기로 했다. 1시간 레슨이지만 20분 연습을 목표로 저녁 시간에 외출했다. 입으로 불어 악기를 다룬다는 점 때문에 오래도록 불어댈 수 없다. 숨도 차고 머리도 띵하다. 나에게는 20분 연습으로도 충분했다. 계절마다 수강 신청 공지가 뜨면 당일 바로 수강료를 냈다. 격주에 20분 레슨을 받다가 코로나로 인해 문화센터가 문을 닫았다. 플루트는 입으로 부는 악기이기 때문에 마스크 착용도 할 수 없다. 그래서 플루트 강의가 다시 생기는지 문화센터 홈페이지를 가끔 들어가 보았다. 플루트 그만둔 지 2년. 최근에는 일대일 레슨만 운영하다 보니 수강생 인원은 훨씬 줄었다. 내 주변에는 플루트 소리를 낼 곳이 없다. 집엔 방음이 되지 않는다. 교실에서는 플루트 연습할 시간 여유도 없다. 코로나 때문에 관악기를 꺼내지 못했다.

무언가를 끝까지 해본 적 없다. 하다 말기를 반복한다. 나는 왜 하다 말까? 학생 때에는 시험 기간이 문제였다면 지금은 직장 일과 육아 때문에 시작한 것을 빨리 포기한다. 포기가 당연했다고 생각하면서 말이다.

끝까지 해내지 못하는 것이 고민이지만, 배우고 싶은 것이 있을 때 빨리 결정하고 시작하려는 모습은 장점이다. 아이가 셋이라서, 직장에 다니고 있어서 처음부터 배움에 대해 고민조차 하지 않은 것보다는 낫다고 생각해 보았다. 하다 말다 했지만, 피아노, 오카리나, 플루트에 손가락을 올릴 수 있다.

내가 언젠가 다시 배우기 시작한다면 그것은 포기가 아니다. 나의 육아시간, 챙길 것이 많은 사실도 인정하고 배우는 것, 더딘 것도 받아들이려고 한다. 플루트도 다시 잡을 날이 있을 것 같다. 다시 산 악기는 내 옷장에 보관되어 있으니까.

끝까지 하지 못했다는 것에 속상해하기보다 배우고자 하는 열정으로 '시작'을 잘하는 것에 집중해야겠다. 시작을 반복하면 지속할 수 있다. 악기 연주를 연습하는 것은 끝이 없다. 반복하고 지속하는 것만이 해야 할 행동이다.

플루트는 코로나 상황에서 교실 악기 연주가 가능해지면 음악 시간에 아이들과 협주해 볼 생각이다. 대학생 때 배우다 만 일본어는 현재까지는 계획을 세운 것은 없지만 시작하기만 한다면 포기했다고 생각지 않을 것 같다. 휴식기다.

아이 셋 직장맘이지만 배우려는 욕구가 끊임없이 생긴다. 하다 말기를 반복했다고 해서 내가 끈기가 없다고 여기지는 않을 것이다. 시작을 잘하는 사람이라고 나 자신을 인정해야겠다.

'대학생 때 잠시 배웠다가 쉬었다. 결혼해서 플루트 레슨을 받았다. 첫째 임신 중에 새로운 플루트 강사를 만나서 만삭 전까지 불렀다. 둘째 낳고 문화센터 플루트 강좌를 등록했었다. 셋째 낳은 후에는 1년간 플루트 레슨을 받았다.' 했다 말았다 반복을 적어 보니 나는 아직 레슨을 멈추지 않았다.

롯데마트 문화센터 2023년 여름학기, 목요일 오후 5시 30분! 아이 셋, 직장맘에서 탈출하기 위해 나는 플루트 들고 마트에 가기 시작했다. 여름학기와 가을학기를 다닌 후 겨울에는 또 멈추었다. 그러나 플루트를 들고 문화센터에 오가는 과정을 거치면서 매력 엄마로 여전히 살고 있다 싶어서 자책하지 않았다. 학급 학생들 앞에 플루트 실제 악기를 보여주고 한 소절 불어본 것을 뛰어넘어 플루트 연주자로 무대에 설 날을 기다려 본다.

여자, 매력적인 엄마 되는 법

7

·

학예회 부채춤
준비에 몰입하다

근무지를 옮겼다. 딸들이 다니는 학교였다. 첫째는 5학년, 둘째는 1학년이다. 2학년 담임을 맡았다. 학예회 공연하기로 했다. 우리 학년 선배 선생님들은 우산 춤, 치어 댄스, 연극, 소고춤을 준비한다. 9월에 발령받은 신규 선생님은 태권무를 맡았다. 나는 뭐하지? 학년 자료실에 남아 있는 공연용 도구를 살폈다. 부채. 5학년 학생들에게 부채춤 가르쳐 본 적 있었다. 2학년 학생들에게도 공연 후 뿌듯함을 느끼게 해주고 싶다. 해마다 지도해 온 학예회 종목이 있으면 수월하겠지만 새로운 공연 준비에 도전해 보는 것도 좋아한다.

내 주변 선생님들이 모두 해보는 육아휴직도 못 하고 뭐 하는 짓인가, 내가 공부방 했으면 회원을 끌어모을 텐데 돈 없어서 미치겠다. 학예회 계획 나오기 하루 전까지만 해도 혼자 투덜거렸는데……. 학예회를 어떻게 준비할까 생각하는 순간 신세 한탄 불평은 접어두었다. 기획하고 진행하는 일에 몰입하는 순간이 신기하기만 하다.

"부채춤 지도해 본 적 있어? 2학년 어려서 너 스트레스 많이 받을 텐데."

부채춤 지도해 본 적 있는 미경 선배는 내 걱정부터 해주었다.

안무 짜주는 후배 선생님 덕분에 운동장 공연 부채춤 준비해 본 적 있었다. 이번엔 강당에서 공연한다. 2학년 학생 중에 부채춤 신청 자는 27명이나 된다. 무대 확장은 하지 않는다고 하니 좁은 무대에 아홉 명씩 세 줄로 세웠을 때 어느 정도 동작이 정확하게 나올지 신경이 쓰였다. 무대 주변 풍선 장식과 조명, 피아노까지 생각하면 대형 변화를 세밀히 고민해야 한다.

부채춤에 폭 빠졌다. '뱃놀이' 반복해서 듣고 부채 들어 팔다리 동작을 만들어 보았다. 퇴근 후 돌쟁이 셋째 챙기면서도 힘들다 생각이 들지 않았다. 걷기 시작한 희윤이랑 노래를 들으면서 부채춤 동작을 해보니 희윤이도 팔을 흔든다. 거실 남편의 수학 공부방 수업에 방해 될까 싶어 노래를 크게 틀 수는 없지만, 안무를 생각하면서 희윤이를 돌보니 저녁 육아시간은 금방 지나가는 것 같다. 학예회 준비기간만큼은 그랬다.

학예회 공연 이틀 전, 학생 대상으로 리허설을 해보았다. '뱃놀이' 전주 나오자마자 부채를 앞줄부터 펼쳐나가는데 마무리까지 순탄할 것 같았다. 2학년도 부채춤이 가능하다는 사실을 처음 경험했다. 간주 끝날 때부터 '하늘이 울고 땅이 우니 아 슬프다'까지 부채로 파도를 표현한다. 두 줄로 서 있었기 때문에 부채가 산을 그리는 듯했다. 동작 표현이 나쁘지 않았다. 동작이 서툰 부분도 있었지만, 2학년이라서 작은 실수는 이해되었다.

학예회 당일, 학부모를 초대하여 무대에 부채춤 공연을 올렸다. 무대 조명 덕분에 분홍색 바탕에 금색 동그라미가 있는 부채가 화려하게 보였다. 흰색 깃털은 연습 한 번 하면 많이 빠졌다. 글루건으로 주운 깃털을 부채에 붙였다. 오늘만 공연하면 깃털 줍는 일 더 이상 없겠다. 아홉 번째 마지막 순서라 기다리는 것이 힘들 텐데도 학생들은 잘 견뎠다. 대기실에서 마지막 동작인 꽃 한 번 더 만들어 보고 있는데 선생님들이 분홍색 꽃을 구해 왔다. 모두 머리에 쓰라고 했더니 내 말을 잘 따른다. 다섯 명 남학생의 꽃 머리도 귀엽다.

학부모 앞에서 3분간의 공연이 끝났다. 스마트폰으로 찍어대는 통에 내 폰 화면에는 엄마들 촬영 모습이 잡혔다. 파도와 꽃 부분에서 크게 환호해 주는 관객이 있어 분위기 좋게 공연을 마쳤다.

공연을 끝으로 부채춤 동아리 수업도 종강했다. 쉬는 시간과 점심시간에 나와 마주치면 다른 반 학생들이 '부채춤 선생님'이라고 부르면서 달려온다. 동아리 아이들 이름을 다 기억하지 못해서 미안할 지경이다.

2년 뒤 5학년을 맡았다. 2년 전과는 달리 교실에서 학예회 공연하라고 했다. 교실에서 공연하려면 종목 여러 개를 지도해야 한다. 노래도 하고 리코더 연주도 하겠지만 마지막 순서에는 여운이 오래 남으면 좋겠다고 생각했다.

"부채춤 할까?"

아이들은 부채춤이 무엇인지 몰랐다. '뱃놀이' 곡은 두 번이나 해보니 나에게 지겹게 느껴졌다. 게다가 좁은 교실에서 해야 하니 신나는 음악보다는 박자가 느린 곡이 낫겠다 싶었다. '아름다운 나라' 노래부터 익혔다. 유튜브에는 교실에서 공연하는 부채춤 안무는 없다. 강당 공연한 동영상을 보고 학생들과 의논해서 안무를 만들어야 했다. 머리에 쓸 꽃은 한지로 직접 만들었다. 부채는 연습용으로는 중국집 빨간 커튼 같은 것을 예산 10만 원에 주문했다. 깃털 없는 부채라서 그런지 부채를 번쩍 들었을 때 부채 모양이 반듯하게 서 있지 않고 부채 끝이 밑으로 처졌다. 예산 없는데 다른 부채 구해야 했다. 자료실 상자마다 다 뒤졌다. 구석에서 반짝이 머리띠도 찾았다. 깃털이 분홍색인 부채도 발견했다. 부족한 수량은 4학년에서 공연 먼저 한 후 우리 반에 빌려주기로 했다.

"팔을 위로 높게, 부채 앞뒤 안 바뀌게 잘 잡고! 노래 부르면서 동작해. 하나, 둘, 셋, 넷, 박자 마음속으로 생각하면서 전주와 간주에 움직이자! 부채와 부채 사이 끊어지지 않게 팔다리 움직이면서 옆 친구 따라가야지. 파도는 이래서는 안 되겠다. 파도만 100번쯤 연습해야겠다."

노래 박자와 동작이 정확하게 맞지 않을 때는 잔소리 가득 늘어놓았다. 유독 학예회 잔소리만큼은 잘 먹히는 것 같다. 마지막 꽃 동작은 운동장, 강당, 교실 할 것 없이 만족스럽게 대형이 나왔다.

집에서는 세 딸 챙겨야 한다. 학교에서는 서른 명 아이들 돌보아야 한다. 제대로 잠잘 시간조차 없을 정도로 바쁘다. 언제쯤 나만의 시간을 가질 수 있을까. 한탄해 봤자 답도 없다. 아이 낳기 전으로 돌아갈 수도 없고, 결혼 전으로 시간을 되돌릴 수도 없다.

부채춤을 준비하는 동안 얻은 게 있다. 남이 시킨 업무라고 생각하면 투덜거리게 되지만, 내가 원해서 선택한 일이라 생각하면 기꺼이 즐길 수 있다.

학예회는 답답한 업무지만 부채춤은 속 시원한 활력소였다.

8

·

매일 노래 부르고 싶다

"다음 주 잠실 교보에 가야 해서 교회 못 와요."

찬양 인도자는 나에게 악보를 빼앗는 시늉을 했다.

"잠실 또 가? 서울 출신 나보다 더 자주 가네."

개척교회에 다니고 있다. 추수감사절 성가대 모집하고 있다. 목사님은 혼자서만 성가대 합창 들어도 좋으니 성도들 모두 성가대에 서라고 권했다. 나는 성가대 리더에게 다음 주 연습에 참여 못 한다고 했다. 매주 세 곡을 개인 연습하고 있다. 성가대 두 곡 포함하면 한 주간 다섯 곡을 불러봐야 한다. 한 번씩 가사를 띄워주는 PPT 페이지가 늦게 넘어가면 당황스럽다. 가사 첫 줄은 외워둔다.

2012년, 교회에서 처음으로 마이크 잡고 노래했다. 토요일 저녁 8시에 팀원들이 모두 모여 노래 연습했다. 세 살 희진이와 일곱 살 희수 둘 다 엄마인 내가 챙겨야 할 게 많다. 주중에 미뤄둔 빨래와 청소, 쌓인 설거지도 해야 한다. 토요일 하루가 저물 무렵, 노래 연습하러 가면 가사 때문인지 기분이 좋아졌다. 마이크까지 설치해서 리허설해 본 후 곡 진행에 대해 의논한다. 리더가 하자는 대로 보통 따라간다. 리더는 한 번씩 나에게 첫 소절 솔로를 시키기도 했다. 솔로 부분 음정을 틀리지 않게 표현했다.

찬양팀 2년째 접어드니 연습 시간에 꾸준히 참여하는 것이 부담되었다. 직장맘인데 주말에도 시간을 빼서 참여해야 하나 싶은 불평이 생겼다. 2012년만 하고 그만뒀어야 하는데 2013년이 시작된 시기라 1년간은 계속 노래해야 한다. 리더가 연습 시간을 변경하거나 연습을 취소했을 때 연습을 왜 제때 시작하지 않는지 물었다. 2014년 시작과 동시에 팀에서 물러났다. 마이크 잡고 노래 부르는 일은 2012년에는 나를 위한 탈출구였고 2013년에는 번거로운 업무가 되었다. 내 마음에 따라 상황을 다르게 해석했다.

그만둔 후에는 다시 노래하고 싶다는 생각이 들었으나 나설 수 없었다. 내가 다니는 교회에서는 본인이 먼저 하고 싶다고 해야 역할을 맡겼다. 먼저 그만뒀지만 해가 바뀔 때 다시 하고 싶다고 해도 문제될 것 없었는데 체면 때문에 말하지 못했다. 변덕이 죽 끓듯 했다.

코로나가 닥치고 2년간 교회에 가지 않았다. 교회에서 전송하는 유튜브 라이브 방송을 들으며 일요일을 보냈다. 코로나 뒤에 있으면서 일요일을 집에만 있다 보니 기분만 가라앉았다.

2022년에는 내가 교회에서 한 가지 역할 맡아야만 매주 참석할 것 같았다. 2022년 1월 2일부터 찬양팀 활동을 시작했다. 9년 만이다. 15분 동안 세 곡을 부르기 위해 예배 시작 전 30분간 연습한다. 마스크 쓰고 노래 부른 것은 처음이다. 숨차다. 내 안경은 뿌옇게 되었다.

찬양 인도자 포함 노래하는 사람들은 다섯 명이다. 여성들이 많아서인지 내 목소리가 잘 들리지 않았다. 대형교회에서는 싱어 모두 이어폰을 끼고 있어서 자기 노랫소리를 잘 확인할 텐데 우리 교회는 그렇게 하지 않는다. 방송실에서 창문을 연 채 다섯 명의 노랫소리가 어울리는지 확인하고 볼륨 조절해 준다.

내 노래가 들리든 안 들리든 개의치 않았다. 일상에서 벗어나려는 생각이 컸기 때문이다. 함께 부르다가 리더가 멘트라도 하게 되면 내 노랫소리가 또렷하게 들렸다. 정확한 음정과 박자로 노래하려고 애쓴다. 가사 한 소절이라도 놓치지 않아야 한다. 싱어로서 임무다. 실제 반주가 시작되면 반 박자 늦게 들어가는 실수 할 때도 있다. 재빨리 박자를 맞춘다. 9년 전에는 마이크 잡고 노래 틀리는 사람을 이해하지 못했었다. 지금은 남에게도 나에게도 조금 너그러워졌다. 청중을 향한 손동작은 어색해서 해본 적 없다. 그저 마이크를 마스크에 가까이하고 부를 뿐이다.

음악 수업 시간은 내가 당당하게 노래 부를 수 있는 시간이다. 한 곡 전체를 부르며 시범 보인다. 그리고 네 마디씩 노래를 선창하면 학생들이 그대로 따라 부르려고 노력한다. 직장생활에서 음악을 가까이하는 방법이다. 교과서 노래 외에도 OST나 창작동요 곡을 불러주기도 한다. 뽀로로 극장판에서 들은 '친구를 찾아서' OST도 불러주었다. 처음엔 5학년한테 뽀로로 노래를 불러준다고 하니 선생님이 농담하는 줄 알고 아이들이 웃었다. 실제 노래를 듣더니 자기들이 아는 뽀로로 노래가 아니라면서 가요 같다고 했다. 아이들 앞에 가창을 뽐내는 기회다.

쉬는 시간에도 틈틈이 유튜브 MR를 틀어놓고 같이 노래 부른다. 어차피 쉬는 시간은 시끌시끌하다. 내 노랫소리 포함된다고 해서 문제 될 것은 없었다.

해마다 어김없이 학예회가 다가온다. 학급 학예회에서 무엇을 '노래'할 것인지를 생각했다. 노라조의 '카레'를 골랐다. 부산예고 카레 유튜브 동영상을 보고 아이들과 노래 불렀다. 춤에 집중하다 보니 노랫소리가 들리지 않는다. 카레 악보를 샀다. 음정을 정확하게 집어주었다. 노래를 녹음해서 립싱크해야 하나 싶을 정도로 반 학생들은 두 가지 동시에 표현하는 것을 어려워했다. 못하면 어때? 학급 학예회로 즐기는 거지. 학예회 목표가 바뀌니 학생들도 연습 시간에 웃는다.

'누가 죄인인가' 뮤지컬도 해보자고 제안했다. 반 전체가 동시에 공연할 수 있다. 연습 시간에 모든 학생이 연습할 수 있다. 합창도 뮤지컬도 내가 음정 시범 보이면서 노래하는 시간을 즐긴다.

방송실에서 찬양팀 모니터링을 해주는 분이 나에게 "목소리 예쁜

데 음반 내세요."라고 말했다. 그 음성이 한 달 정도 생생하게 떠올랐다. 희수, 희진 각자 친구들 만나러 가고 희윤이는 아빠랑 아이스크림 사러 나갔을 때 폰으로 내가 부르는 노래를 녹화했다. 그리고 유튜브에 올렸더니 저작권침해 1건이라고 표시 떴다. 일부 공개로 변경했다. 깨끗한 녹음 공간은 아니었지만, 아이들이 잠시 집에 없다는 사실만으로도 거실은 나에게 방송 스튜디오가 되었다. '노래하는 백란현 작가'라고 닉네임도 생각해 보았다. 한 달에 한 곡이라도 정기적으로 노래 부르고 녹음한다면 그 시간은 나에게 엄마의 역할을 잠시 내려놓는 휴식 시간일 터다. 목소리도 늙는 것 같다. 가창력 살아 있을 때 동요도 부르고 CCM도 부르고, 내가 좋아했던 가요도 불러서 녹음하고 싶다.

잠실 교보문고 저자 사인회에서 노래할 기회가 생겼다. 사인회 주인공은 노래를 준비해야 한다는 말에 아이유 노래에 도전했다. 공연을 직접 보여주는 시간보다 어떤 노래를 부를 것인지 곡을 정하고 연습하는 시간이 엄마, 아내, 교사가 아닌 '나'로 존재하는 것 같았다. 음악 전공자가 되지 못해서 아쉬워했지만, 연습 시간을 좋아하고 즐기는 자세는 전공자 못지않다. 아이유의 '좋은 날' 덕분에 연습 기간도, 사인회 당일도, 사인회 후기 읽어보는 시간조차도 나는 가수였다.

사람마다 탈출구로 삼을 수 있는 영역은 다를 것이다. 그림이나 운동을 배울 수도 있다. 직장과 육아에서 잠시 벗어나 탈출구 영역 한 가지를 만들어 보면 어떨까? 변덕이 심한 나였지만 탈출한 덕분에 일상으로 되돌아오는 오뚝이로 살고 있다.

막내가 자라면서 내가 가질 수 있는 시간도 조금씩 늘어나고 있다. 좁은 탈출구가 점점 넓어지고 있다. 이후 작가 모임에서 자주 노래 부르게 되었다. 잘해서가 아니다. 좋아하기 때문에 즐긴다.

제 3 장

육아 고민에
정답이 있을까

1

딸아이의 성적 고민

희수가 공부를 잘하면 얼마나 좋을까. 태어날 때부터 전집을 사다 모았고 읽어주었다. 일곱 살이 되었을 때 피아노 학원도 보냈다. 튼튼 영어 선생님도 매주 방문했다. 신기한 한글나라 교재도 1년 치 사들였다. 일곱 살 가을이 되어 한글 공부시켰다. 스파르타식 엄마표 한글 덕분에 희수는 1학년 입학 직전에 한글 읽기와 쓰기가 가능했다.

초등학교 3학년 중간시험 하루 전날. 밤 12시가 다 되어간다. 희수는 의자에 앉은 채 졸기 시작했고 나는 희수를 깨웠다. 3학년 사회와 과학 중에서 시험 범위에 해당하는 쪽수를 확인한 후 공책에 요약해 주었다. 공책 내용만이라도 설명해 주고 싶었다. 시험 전날 퇴근 후 국수사과영 시험공부를 봐주려니 목소리가 친절하게 나오지 않았다. 잠 오는 희수에게 "그냥 가서 자라! 성적 개판 되겠지."라고 말했다. 수학 성적이 평균 이하다. 희수가 성적표를 받아올 때마다 옆에 있는 남편에게 불똥이 튀었다.

여자, 매력적인 엄마 되는 법

"당신은 남의 학생들 수학 성적 올려주면서 희수는 왜 안 봐주는데?"

"희수는 회비를 안 내잖아."

초등 교사 첫째 딸 희수. 교사라는 자존심 때문에 내 아이만큼은 공부를 잘했으면 싶었다. 그러나 엄마인 내가 규칙적인 시간을 내어 일일이 공부 봐주는 일은 쉽지 않았다.

중1 학부모 교육과정 설명회에 갔다. 담임과의 시간에는 네 명만 교실에 들어와 있었다.

"상담이 필요 없는 학생들 엄마만 오셨네요. 성적도 다들 좋고⋯⋯."

담임 선생님은 반장 엄마가 있는 운동장 쪽에서부터 내가 앉아 있는 복도 쪽까지 고개를 돌리더니 나를 보고는 말끝을 흐렸다.

영어와 수학 중 하나는 잘해야 한다고 생각했다. 중2 때 코로나로 인해 학교에서는 e학습터에 수업 동영상을 올려 주었다. 희수가 수학 시간에 볼 동영상은 5분 남짓이었다. 낮엔 e학습터 동영상 진도 100퍼센트만 만들어 놓고 출석 인정받더니 밤이 되자 수학 교과서를 들고 거실로 나왔다.

"아빠, 이거 어떻게 풀어?"

"아! 그렇게 하는구나. 역시 아빠 설명 잘한다."

우리 지역은 학교장 전형으로 고등학교에 지원한다. 집 앞 대각선 방향에 고등학교가 있다. 횡단보도 두 번만 건너면 된다. 입학원서를 쓰려는데 희수가 버스 타고 등교해야 하는 고등학교에 입학하겠다고 했다.

"안 된다. 희수야. 내가 고등학교 걸어 다니게 해주려고 이사 왔다."

희수 자신도 가까운 고등학교에서 떨어질까 걱정한 모양이었다.

유치원 때부터 중3까지 고민했던 딸아이 성적이었다. 떨어지면 어쩌나 걱정했던 고등학교에 입학하는 순간부터 나는 더 이상 성적에 관여치 않기로 했다.

세 가지 마음을 품고 희수에게 '괜찮은' 엄마가 되기로 했다.

첫째, 희수의 성적은 내 영역이 아니다.

내가 대신 공부해 줄 수 없다. 학원비 부담되어 학원에 보내지 않는다. 인근 수학 학원에 상담 가보니 고등학생 학원비는 내가 감당하기 어려울 것 같았다. 학원을 보내면 보낸 만큼 희수에게 성적으로 더 화를 낼 것 같았다. 희수 성적은 내 것이 아니므로 희수에게 맡기기로 했다. 못하면 못 하는 대로 성적 맞춰 대학 가면 된다. 길은 많다. 희수에게 진로 관련까지 모두 맡기기로 했다. 더 이상 성적 얘기는 하지 않는다.

둘째, 희수가 잘하는 분야가 있다.

희수는 국어를 잘한다. 중2 때 국어 성적 우수상을 받았다. 코로나로 인해 원격 학습하는 상황이었는데도 불구하고 학원 도움 없이 스스로 해낸 성과였다. 고2 선택과목을 정하기 위해 희수는 어느 과에 갈 것인지에 대하여 고민했다.

국어교육과에 가고 싶다는 희수는 학생부 기록을 위해 독서동아리에 들어갔다. 김해의 책 독후감 대회에도 응모했고 대회에서 장려상을 받았다. 상금도 나왔다.

"엄마, 내가 과목별 수행평가 준비, 발표 준비로 가장 빡센 주간이었는데 독후감 응모했었거든. 그래서 더 기뻐."

이후 희수는 초록우산 어린이재단에서 주최한 감사 편지 공모전에서 교육부장관상을 받았다. 희수가 결정한 진로에 대해서도 조금씩 바뀌기는 하지만 희수에게 맡기고 있다. 최근 희수는 국어교육과 대신 문예창작과 진학을 꿈꾸고 있다. 작가가 되기 위해 글쓰기 과외를 받고 있다.

셋째, 희수 성적에 집중하는 대신 엄마인 나의 일에 집중한다.

"내가 우리 반 아이들에게 정성 쏟으면 내 딸들 담임선생님도 내 딸들에게 정성 쏟겠죠?"

내 얘기를 듣던 미영 선배는 한마디 했다.

"내 새끼는 내가 챙겨야 한다."

챙기는 방법을 다르게 해보기로 했다. 잔소리 늘어놓는 대신 엄마인 내가 열심히 사는 모습 자연스럽게 보여준다. 희수가 야간 자율학습에서 집에 돌아오면 내 방에 있는 욕실에 샤워하러 들어온다. 나는 항상 줌 강의를 듣고 있다. 희수는 내 방에 왔다 갔다 하면서 강의 내용도 엿듣고 간다.

공부 잔소리를 멈추었다. 곧 고3이 되는 희수를 지켜본다. 희수는 도전하고 성취하는 과정을 배우고 있다.

육아 고민에는 정답이 없다. 신년과 방학을 맞이하여 가정마다 공부 계획을 세우는 집 많아질 터다. 독서 육아를 해온 탓에 책 외에는 다른 부분에 교육비 지출이 많지 않도록 주의하고 있다. 딸들이 운동하겠다고 하면 학원비를 지출하는 정도다.

교육에 종사하는 선생님들의 설명을 들어보면 중요하지 않은 공부는 없었다. 첫째와 둘째에게 피아노 레슨과 한자 학습지를 시켜 본 적 있으나 셋째에겐 권하지 않고 있다. 성적을 위해 유치원부터, 저학년부터 공부해야 한다고도 하지만 고민하는 대신 아이들의 선택을 믿어보기로 했다.

2
.

함부로 이야기할 게 없구나

함부로 말했다. 할 말은 다 했다. 내가 교사 자녀들을 맡았을 때 그랬었다. 지금은 아이 셋 키우는 교사 엄마가 되었다. 딸들이 학교에 입학하면서부터 나의 반 학생들에 대한 평가를 함부로 하면 안 되겠다고 생각했다.

2학년 담임했을 때 우리 반 현규는 같은 학교 선배 교사의 아들이었다. 다른 아이들과 마찬가지로 교실 안에서 장난을 잘 쳤다. 수업하고 있는데 현규는 짝이 입고 있는 티셔츠에 가위로 1센티미터의 구멍을 냈다. 짝은 울기 시작했다. 나는 현규가 자른 짝의 옷 전체 사진과 잘린 부분 사진을 찍었다. 현규를 혼냈다. 친구의 옷은 어떻게 해결해야 할지 고민도 되었다. 학생들이 하교한 후 현규 엄마가 일하는 교실로 찾아갔다. 수업 시간에 있었던 일을 설명했다. 선배 선생님은 평소 사고 치던 아이가 아닌데 왜 그랬는지 모르겠다며 두 손으로 얼굴을 가렸다.

"선생님 죄송해요. 우리 현규가 친구에게 나쁘게 한 적 없었는데. 짝 엄마에게 미안하다고 전해주시겠어요? 옷은 새것으로 사 보낼게요."

"예, 선생님. 제가 옷 사진은 찍어놨습니다."

옷을 새것으로 보내준다는 말을 듣고 '사진 찍었다'라는 말을 해버 렸다.

6학년을 맡았을 때 교무부장 아들 희준이가 우리 반이 되었다.

"백샘. 우리 아들 요즘 어떻게 지내?"

교무부장은 아들 친구 관계가 제일 걱정이라고 했다.

"애들이랑 대화는 많이 안 해요. 혼자 있는 편이에요. 책을 보기도 하고. 아빠 닮았네."

아빠 닮았다는 말은 농담이었지만 담임 입에서 나올 말은 아니었 다. 나중에야 이런 생각이 들었다.

남편이 수학 과외를 다녀온 후 학생에 관한 이야기를 꺼냈다. 수학 성적이 바닥이란다. 같은 내용 설명을 일주일째 하고 있는데 여전히 어려워해서 힘이 빠진다고 했다. 수학을 못 하는 학생의 어머니는 교 감 발령받을 예정인 선생님이었다.

"엄마가 선생님인데 자기 애 수학 성적이 바닥이라니. 자기 애 수학 공부는 안 시키고 엄마 승진 준비만 했네."

희수가 초등학교 입학하기 전이었다. 교사 자녀들은 당연히 공부를 잘할 것이라고 기대했었다. 희수가 초등학교에서 받아온 수학 쪽지 시험에는 틀린 문제가 많았다. 왼손으로 수학을 풀어 문제가 손에 가려져서 그런가 싶었다. 학교에서 퇴근한 후 그날 배운 내용의 복습을 도와주었다. 일주일은 할 만했다. 그러나 내가 언제까지 집에서도 가르쳐야 하나 생각이 들었다. 공부시켜야 하는 시간은 점점 늘어났다. 한번 만에 이해하지 못하는 희수로 인해 내 목은 더 아팠다. 고음과 저음을 왔다 갔다 하는 내 목소리에 희수는 귀가 아팠을 것이다.

초등학교 1학년 희수 담임 선생님은 신규 2년 차 교사였다. 입학 첫날부터 학생 한 명씩 안아주는 모습에서 신뢰가 생겼다. 경력이 나보다 낮았고 1학년을 처음 하더라도 임용된 교사이니 충분한 자격이 있다고 생각했다. 학부모가 되고 보니 '충분한 자격'의 기준은 내 아이 중심이 되어버렸다. 내가 비록 교사이고 희수 담임 선생님보다 교육경력이 많더라도 엄마로서는 초등학교 1학년 수준이었다.
"선생님, 수학 익힘 숙제가 너무 많아요."
저녁 시간에 선생님에게 문자를 보냈다.
"어머니, 그러면 희수에게 모레까지 풀라고 전해주세요."
희수에게 숙제 풀 시간을 더 달라는 뜻은 아니었다.

희수가 1학년 여름 방학식 때 생활통지표를 받아왔다. 창의적 체험활동에서 '가끔 복도를 뛰어다님'이라는 문구가 가장 먼저 눈에 들어왔다. '얼마나 많이 뛰어다녔으면 가끔이라는 말을 붙여서 통지표에 넣으셨을까. 그런데 복도에서 뛰어다니는 애들이 우리 희수뿐이었을까?' 단순한 문장 하나에 생각이 많아졌다.

1년을 마무리하는 종업식이었다. 1학기와 2학기를 합친 학년 최종 통지표 받는 날이다. 1학기에 기록된 '가끔 복도를 뛰어다님' 문구가 그대로 살아 있었다. 서운했다. 내 머리는 희수가 분명 뛰어다녔을 테니까 계속 적어두었나보다 생각하지만……

내가 맡은 아이들에 대해 함부로 이야기하면 안 되겠구나 싶었다. 새내기 학부모가 되고 나서 나도 초등 엄마표 육아 고민이 시작되었다.

짝의 옷을 잘랐던 현규, 혼자 책 읽는 시간을 좋아했던 희준이, 남편의 초등학생 회원까지. 교사 엄마와 자녀를 내 마음대로 평가했었다. 10년도 더 지난 일이지만 엄마와 아이들에게 상처 준 것은 아닌지 가끔 생각난다.

내 자녀에게도 단점이 있다. 학급 학생들에게서 본 단점이 내 딸들에게도 있을 수 있다는 사실을 받아들이게 됐다. 딸이 머무는 교실에서는 내가 도와줄 수 있는 일이 없다.

반 학생들에게 보이는 문제행동 앞에서 '그럴 수도 있지'라고 생각하게 되었다. 육아에는 정답 없다. 모두가 상황에 맞게 옳았던 거다. 그래서 함부로 이야기할 게 없다.

여자, 매력적인 엄마 되는 법

3

.

내 맘대로 되는 것
하나 없더라

《이모의 꿈꾸는 집》 정옥 작가를 우리 학교에 초대했다. 5, 6학년 학생들을 네 개조로 나누어 작가와의 만남을 열었다.

"너희들에게 감동해서 우는 것 아니야."

정옥 작가는 손수건으로 눈 밑을 꾹꾹 눌렀다.

"나처럼 게임 많이 하면 눈이 고장 나. 그래도 '게임 많이 하지 마세요'라고 말하면 말 들을 사람 없겠지? 그래서 잔소리 필요 없는 거야."

"작가가 되려면 공부는 못해야 해, 필수조건이야."

학생들은 환호했다. 나는 강의안 PPT를 넘겨주다 멈칫했다. '애들이 공부하라고 해서 공부하고 게임을 하지 말라고 해서 게임을 안 할까?' 알고 있지만 잔소리는 나의 임무이다.

"이모 이름은 왜 이모예요?"

"나는 결혼을 안 했지만, 조카가 많아. 엄마로서는 걱정되니까 말리는 게 많잖아. 나는 이모니까 하고 싶어 하는 것을 밀어주는 말을 해."

책 속 주인공 '진진'은 엄마가 정한 '특목고' 진학에 매이지 않고 자신이 좋아하는 '만화책'을 보러 나간다. 정옥 작가는 독자인 초등학생들에게 이모 같은 입장에서 그들의 행동과 꿈을 지지한다고 했다. 학생들에게 공부는 못해도 책을 많이 읽고 생각의 꼬리를 무는 습관을 들이라는 말로 강의는 끝났다.

게임, 만화책 좋아하는 작가님은 작가가 되는 방법을 기억하라고 네 가지 제시했다. 공부는 못해야 한다, 많이 놀아라, 책 많이 읽어라, 꼬리에 꼬리를 무는 쓸데없는 상상을 많이 해라. 이러한 마음으로 내가 딸들을 대한다면 엄마와 딸의 관계가 편안해질 것 같다.

딸 셋 모두 스마트폰을 좋아한다. 희수와 희진이는 초등학교 5학년이 되자 스마트폰을 개통했다. 2020년 코로나로 친구들과 자주 만나지 못했을 때 희수, 희진이는 친구들과 보이스톡 하면서 게임을 함께 할 때가 많았다. 희수의 경우 자정이 되어가도록 친구와 통화하느라 늦게 잠든다. 스마트폰으로 쌓은 우정이라고 해야 할까. 중간고사가 끝나기 하루 전, 희수는 내일 절친들과 점심 먹고 노래방과 올리브영에 가야 한다며 용돈을 달라고 했다. 희진이는 카톡 세상에 빠졌다. 프로필 사진을 하루에도 몇 번씩 바꾸고 디데이 표시도 여러 개 해뒀다. 자기 반의 남학생과 코아상가에서 마라탕을 먹고 들어온 날 'D+1'이라고 써놓고 하트 표시도 해두었다. 사귀냐고 물었더니 디데이 표시는 사라졌다. 희윤이는 스마트폰으로 유튜브 동영상을 많이 본다. 유치원과 태권도 학원을 다녀와서 자동으로 유튜브를 켜는 게 일상이다. 희윤이가 유튜브 동영상 보기 직전 나는 그림책 한 권만이라도 읽어주려고 노력한다. 아이스크림과 킨더조이 초콜릿으로 그림책 읽어주는 시간을 확보한다. 퇴근 후에도 내가 해야 할 일이 많을 때 그림책 읽어 달라 소리 안 하고 유튜브부터 켜는 희윤이가 오히려 고맙게 느껴지기도 했다. 폰만 있으면 알아서 시간 보낸다.

딸 셋 모두 책을 좋아하지만, 책보다 스마트폰을 더 자주 활용한다. 내가 방임한 것은 아닌지 고민한다. 스마트폰 관련하여 둘째 희진이만 밤 10시 전원 차단이 되어 있다. 카톡은 하루 2시간만 허용한다. 그러나 아빠의 컨트롤 앱을 마음대로 만져놓기도 했고 반 친구들과 중요한 과제를 마무리해야 해서 의논이 필요하다며 카톡 사용 30분 연장을 요구하기도 했다. 딸들에게 원칙이라며 제시한 스마트폰 사용 방법은 점점 의미 없어지고 있다. 중학교 입학 이후에는 희진이에게 스마트폰 사용 시간을 제한하지 않는다. 잠들기 전에 폰을 거실에 두라고 권할 뿐이다.

독서 육아로 시작했지만, 세 딸 모두 학년이 올라갈수록 스마트폰 사용, 게임 제한, 공부, 독서 등 내 맘대로 되는 것 하나 없다.

공부 잘하고 엄마, 아빠 말 잘 듣는 딸들로 크지는 않을 것 같다. 나도 '이모' 같은 존재가 되어야 딸들에게 점수라도 얻을 것 같다. 세 자매 방임(?) 육아 결과 장점 세 가지를 발견하였다.

첫째, 스마트폰으로 늦은 밤까지 통화하는 일은 친구 관계가 나쁘지 않다는 뜻이다. 친구들과 교류하지 못해서 걱정하는 부모들을 해마다 만난다. 엄마들은 주말이 되면 자기 아이에게 용돈 쥐여주며 친구들 만나라고 권한다고 했다. 그러나 집에만 있다며 나에게 고민을 털어놓는다. 고민을 들을 때마다 내 아이들이 친구들과 주말마다 나가 놀고 용돈 쓰고 오는 것이 다행이라고 생각했다. 코로나 이후 친구들과의 놀이 방법도 많이 바뀌었다. 예절은 강조해야겠지만 스마트폰 없이 친구들과 친하게 지내는 일은 어렵지 않을까 하는 생각이 들 정도다. 게임과 카톡 등을 하기 위해 친구들과 스마트폰으로 소통하는 시간이 늘었다. 갑자기 롤러장을 가겠다고 준비하는 둘째도 스마트폰 덕분에 약속이 잡힌 것 같다. 우리 반 학부모는 아들이 주말에 용돈을 2만 원 쓰고 왔다며 내게 하소연했다. "어른처럼 놀려고 해요. 어떻게 지도해야 하나요?" 나도 고민이다. 그저 엄마의 하소연을 들으며 나만의 문제는 아니었구나 싶어 오히려 위로되었다.

둘째, 딸들이 나에게 편하게 학교 이야기해 준다. 엄마가 잔소리를 늘어놓지 않고 있으니, 교실에서 있었던 갈등 상황까지도 거르지 않고 말한다. 6학년 때 체육 선생님이 희진이 반 학생들에게 20분간 훈계한 적 있었다. 희진이는 체육수업 40분 중에 절반이 날아간 것이 불만이었다고 말해주었다. "선생님 말씀이 많이 길었네. 체육 시간 줄어들게!" 희진이 편을 들어주었다.

희진이가 학교 안에서 친구 관계에 대한 갈등과 해결의 과정을 여러 번 경험하는구나 싶다. 중학생이 되어서도 친구 간의 다툼 문제가 생겼는지 방안에서 통화하는 소리가 심각하게 들렸다. 그러나 내가 직접적으로 관여하지 않기로 했다. 희진이 몫이다.

셋째, 딸들이 자율적으로 생활하는 동안, 엄마인 나는 내 삶에 집중하기로 했다. '초등 교사'라는 직업을 가졌고 그 후의 진로에 대해 생각해 보지 않았었다. 처음부터 초등 교사가 되고 싶었던 것은 아니었다. 초등 교사가 되라는 말을 담임 선생님에게 듣고 내 꿈은 정해졌다. 교사로서의 보람도 느끼고 교실 속에서의 분주한 일상도 즐길 줄 안다. 《이모의 꿈꾸는 집》에서 진진은 '어른들도 꿈이 있어요?'라는 질문을 한다. '나도 꿈이 있었나'로 되묻는 시간이 되었다. 앞으로의 내 꿈을 위해 지금, 이 글을 쓰고 있다. 딸들이 엄마 찾지 않고 알아서 생활한다. 막내가 조금씩 커가면서 나의 꿈을 위해 쓰는 시간도 늘어나고 있다. 큰딸의 경우 옷이나 화장품 같은 필요한 물건과 용돈만 챙겨주면 된다.

내 맘대로 되는 것 하나도 없다. 내가 할 수 있는 것만 챙겨야겠다. 딸들과 멀어지지 않고 잔소리하는 '엄마' 대신, 들어주고 지지하는 '이모' 같은 존재로 세 자매 옆에 있다. 오늘 아침에 입에서 나올뻔한 잔소리도 두 번 참았다. 특히, 아침엔 서로 기분 좋게 하루 시작하는 게 나으니까.

"우리 공주님! 오늘도 즐겁게 학교 다녀와. 사랑해."

잔소리 대신 아이들이 먼저 알아차리면 좋겠다. 중학생이 되어 처음 시험을 본 둘째 희진이는 자기 성적에 대한 각오를 단단히 밝힌다. 다음 시험 준비는 미리 해야겠다고. 두 번째 시험을 보고 온 희진이는 방학 때 내년 교과서를 미리 읽어봐야겠다고 말한다. 가만히 듣고 파이팅을 외쳐준다. 공부해야 한다는 점 알고 있는 모습이 기특하니까. 성적 숨기지 않고 당당하게 보여주는 첫째와 둘째. 엄마 맘대로 되지는 않지만, 자신의 일상과 미래를 주도하며 살아가면 바랄 것이 없겠다.

여자, 매력적인 엄마 되는 법

4
·

부모의 잣대로
잴 수 없다

세 아이 모두 배움의 기회를 다르게 제공해도 된다. 같은 부모 아래에서 자라지만 자녀마다 관심사가 다르기 때문이다.

"엄마. 나 방학 때만 검도 배워도 돼?"

고1 때 희수는 친구와 함께 검도 학원 상담도 가보겠다고 한다. 검도 관장님은 고등학생 혼자 검도 학원 알아보러 오는 애는 처음 봤다고 했다. 방학 때만 잠시 다닌다고 해서 검도 실력이 느는 것은 아니다. 야간 자율학습 한 시간만 줄이고 검도 학원 계속 다니라고 권했다.

검도시킬 생각을 하니 희수에게 운동 배울 기회를 빼앗았던 일이 떠올랐다. 희수가 초등학교 2학년 때 태권도 학원 다니고 싶어 했었다. 학원비가 없어서 두 달 보내고 그만두게 했다. 희수에게 피아노 학원을 우선순위로 보내고 있었다.

나는 4학년 2학기, 처음 피아노 학원에 갔다. 초등학교 졸업할 때까지 다녔다. 좀 더 일찍 피아노 학원에 다니기 시작했더라면 좋았을 텐데 아쉬움이 남았다. 교대 피아노 학점을 잘 받기 위해서 몇 달간 피아노 학원에 다녔다. 실력은 늘지 않았다. 피아노는 어릴 때 배우기 시작해야 한다는 말이 일리 있다. 내 딸들은 초등학교 입학 전에 피아노를 배우게 해주고 싶었다. 일곱 살 희수를 피아노 학원에 등록했다.

다섯 시에 퇴근하면서 유치원에 있는 희수를 챙겨 피아노 학원에 데려다주었다. 집에 갔다가 여섯 시에 희수를 데리러 피아노 학원에 다녀왔다. 매일 반복이다. 희수는 초등학교 졸업 후에는 더 이상 피아노 배우러 가지 않겠다고 했다. 나는 반대했다. 중3까지 계속 다니라고 했다. 나보다 손도 크고 손가락도 길다. 빠른 곡도 무난하게 연주할 수 있었다. 친구들 앞에서 멋있는 연주를 해보겠다는 목표 하나로 악보 하나만 연습하기로 했다.

중2 코로나 이후 한 달씩 두 달씩 레슨을 연기하다가 희수는 피아노 학원을 끊었다. 대신 밤에도 마음껏 연습할 수 있게 전자피아노를 사달라고 했다. '하울의 움직이는 성'을 자주 연주한다. 악보도 볼 줄 알고 피아노 건반을 자유자재로 누를 수 있으니 다행이다.

희진이는 초등학교 입학하면서 피아노 학원에 다니기 시작했다. 피아노 학원 원장은 희진이가 신중한 성격이라 음 하나하나를 정확하게 연주한다고 했다. 진도 빨리 나가지 못한다고 말하는 것 같았다.

여자, 매력적인 엄마 되는 법

희진이는 피아노 학원 대신 미술 학원을 원했다. 미술 학원은 방학 때만 다니고 피아노 먼저 배우게 했다. 희수, 희진이에게는 피아노를 1순위로 연주 실력이 늘도록 지원하고 싶었다. 희진이는 몸이 약했다. 자주 편도염과 중이염에 걸렸다. 피아노 레슨은 주 5일 받을 수 있지만 하루, 이틀 결석하기도 했다. 그래도 엄마의 단호함 때문에 그만두고 싶다고 말하지 못했다.

코로나로 인해 희진이도 피아노를 그만두었다. 체르니 30번 시작할 때 멈췄다. 초등학교 5학년이 되어 희진이는 다시 피아노를 배우고 싶어 했다. 영어 학습지 시간까지 변경해서 피아노 배우는 시간을 만들었다. 한 달을 못 채웠다.

희수, 희진이에게 같은 잣대로 피아노 학원에 보냈다. 희진이도 희수만큼 모차르트나 베토벤을 치게 해주고 싶었는데 그러지 못했다. 희진이가 하지 않겠다고 했음에도 불구하고 나처럼 커서 더 배우지 못한 것을 후회하면 어쩌나 하는 마음이 들었다. 아직도 나는 피아노, 플루트, 성악 등 음악 전공하지 못한 것에 대한 미련이 남아 있기 때문이다.

18년째 육아하면서 알게 된 점은 딸마다 좋아하는 분야가 다르다는 것이다. 아이마다 다르게 배울 기회를 주니 엄마인 나도 마음의 여유가 생겼다.

희진이는 초등학교 3학년 때 교내 합창단원이 되었다. 김해교육지원청 음악 발표회에 학교 대표로 참여했다. 단원 중에서 키가 가장 작아서 앞줄 가운데에 서 있었다. 지휘자에게 눈을 떼지 않고 집중하는 모습이 기특했다. 1년간 이른 아침 등교에도 불평하나 하지 않았다. 2019년 합창단 활동이 마무리된 후, 코로나로 인해 더 이상 김해 음악 발표회는 진행되지 않았다. 2년이 지난 후 2022년 1월이었다.

"엄마, 어디 합창할 데 없어?"

희진이 의외의 반응에 학교 문서 대장에서 본 '김해시립소년소녀합창단 신입 단원 모집'이란 공문 제목이 생각났다. 코로나 속에서도 유튜브 라이브로 합창단 공연을 했던 것이 생각났기 때문에 공문을 보기 이전부터 합창단 단원 모집에 대해 합창단 안내 번호로 문의해 두었다. 나는 어떻게 하면 희진이에게 합창하자고 설득할지 생각하고 있었는데 희진이 반응이 반가웠다.

"김해시립소년소녀합창단 오디션 있는데 원서 넣을까? 매주 화요일과 금요일 3시간씩 연습한대. 김해 문화의 전당에서."

학교장 추천이 필요하다. 담임 선생님께 서류를 보냈고 교장 선생님 사인과 학교 직인을 받아서 김해시청에 원서를 냈다. 오디션 볼 때 희진이는 목소리가 크게 나오지 않았다. 지휘자가 노래를 다시 크게 부를 기회를 주었다. 2 대 1의 경쟁 속에서 희진이는 합격했다. 신입 단원으로 여름에 한 번, 가을에 네 번 공연에 참여한다. 왕복 1시간이 넘는 거리지만 기꺼이 참여하여 매주 6시간 연습한다. 힘들 때도 있었겠지만 스스로 선택했기 때문에 위촉 2년의 기간을 채웠다. 합창단 활동으로 협력, 인내, 책임감 등을 배웠을 터다.

피아노 학원을 일 순위로 생각하던 나는 아직 셋째 희윤이 피아노 레슨 시기를 정하지 않았다. 희진이 합창 데려다주는 시간을 확보하고자 일곱 살 희윤이를 병설 유치원 입학과 동시에 태권도 학원에 보내게 되었다. 현재 1품이다. 3개월 후에는 2품에 도전한다고 했다.

"어머니, 희윤이 태권도 체조 한 번 시켜 보세요."

"희윤이 체조하는 모습 귀여워서 동영상 보냅니다."

태권도 관장님과 유치원 하원을 돕는 선생님이 희윤이 체조 잘한다며 칭찬했다. 토요일에도 '호랑이 반'이란 이름으로 유아 놀이 체육에도 참여했었다. 태권도 학원은 돌봄을 위한 수단으로 일곱 살, 1년만 보낼 생각이었다. 그런데 희윤이가 태권도 다니는 것을 좋아한다. 때론 태권도 학원에서 친구 이마에 부딪혀 입술이 찢어져 오기도 하고, 종이컵 쌓기 대회에서 상대 팀 종이컵을 만지는 바람에 자기보다 키 큰 오빠가 밀쳐서 우는 일도 있었다. 그래도 매일 태권도 가고 싶어 한다.

희진이는 운동을 배우게 한 적 없다. 한 번씩 말한다. 나도 배워보고 싶었다고. 지금이라도 가라고 하니 거절한다. 희수에게는 두 달 보냈던 태권도를 희윤이에게는 몇 년간 계속 보내볼 생각이다. 피아노 학원은 아직 정하지 않았다. 태권도 학원 아래층에 피아노 학원이 있다는 점을 희윤이는 살펴본 듯하다. 예체능과 관련하여 나만의 양육 원칙도 깨졌다. 피아노가 1순위라고 생각한 일은 나의 욕심이었다. 딸들은 나와 다르다.

같은 부모 아래 태어난 자매들이지만 각자 관심사가 다르다. 이 부분을 받아들이기까지 시간이 걸렸다. 코로나로 인해 피아노를 멈추게 되어 다행이다. 그렇지 않았다면 아이들에게 매일 피아노 학원 가라고 잔소리했을 것이다. 엄마는 배우고 싶어도 그러지 못했다는 둥 …….

태권도 소녀 희윤이가 만약에 피아노를 배우고 싶다고 하면 보내야겠다.

여자, 매력적인 엄마 되는 법

5

·

잘 먹이는 게 힘들어

불량 주부다. 반찬 만들 줄 모른다. 요리 모임 가본 적은 있다. 받아온 레시피를 활용해 보려고 했으나 재료 구하는 비용만 많이 썼다. 냉장고에 들어간 채소를 다른 요리에 응용할 줄 몰랐다.

신혼 시절에는 외식을 자주 했다. 옆집 '마포숯불갈비'와 앞집 보리밥 '보리통' 식당에 내 집처럼 드나들었다.

학기 중에는 급식을 먹을 수 있는 장점 덕분에 저녁밥이 다소 부실해도 문제 될 것 없었다. 방학 기간에는 급식을 먹을 수 없으니 '결식 교사'가 되었다. 학급 학생들 못지않게 나에게도 식단표가 가장 중요한 문서가 되었다.

큰딸 희수를 낳고 이유식을 시작하면서 대책이 필요했다. 모유 먹던 희수는 6개월부터 이유식 시작했다. 한두 번 검색한 이유식 레시피로 만들어 보다가 시간만 많이 걸렸다. 아기는 잘 먹지 않았다. 마침 종근당에서 떠먹는 유기농 이유식 '이유'를 팔았다. 생후 7개월부터 사 먹일 수 있었다. 따뜻한 물만 부으면 아기 밥은 해결되었다.

희진이가 태어났을 때는 친구 엄마에게 이유식을 얻어 먹인 적도 있다. 지우는 두 달 먼저 태어났다. 지우 엄마는 희진이가 먹을 이유식은 지우 것보다 묽게 만들어 주었다.

셋째 희윤이는 마지막 아기라고 생각하여 이유식을 만들어 주었다. 이유식 만들었던 날, 26회까지 블로그 포스팅으로 기록해 두었다. 그 이후 이유식 만들기는 중지되었고 마트에서 파는 레토르트 이유식을 자주 활용했다. 한 달 단위로 결제 금액이 만만치 않았지만, 어린이집에도 챙겨 보낼 생각으로 베베쿡 업체의 새벽 배송 이유식을 받아 먹였다. 세 딸 모두 엄마가 만든 이유식보다 다른 사람이 만든 것을 더 잘 먹었다.

인터넷으로 찾은 레시피대로 음식 만든 날에는 밤 아홉 시나 되어 저녁 식사했다. 요리에 대한 요령도 없고 음식 재료를 사전에 정리해 두는 때도 없다. 역시 아이들은 내가 만든 요리를 잘 먹지 않았다.

김밥 싸본 적 없다. 희수가 5학년, 희진이가 1학년일 때 나는 현장체험학습 업무 담당자이자 2학년 담임으로 현장학습을 가야 했다. 지역 카페에서 토끼 캐릭터 도시락을 주문했다. 맛살로 토끼 귀를 만든 김밥은 먹기 아까울 정도였다. 순살 통닭과 주먹밥, 별 모자를 쓴 삶은 달걀, 마들렌과 오렌지까지. 도시락이 아니라 예술작품이었다.

도시락 사진을 찍으시던 담임 선생님이 물었다고 한다.

"희수야, 엄마가 만드셨어?"

"아니요. 엄마가 주문했어요."

설날에는 제주도에서 시부모님이 우리 집에 오신다. 제사 없는 집, 모인 식구들 먹을 음식만 하면 된다. 식당 운영하시는 어머니의 요리 솜씨에 보조만 하면 되는 상황이지만 문제는 따로 있었다. 나보다 다섯 살 많은 동서의 눈치가 보인다는 것이다.

"형님이 전을 만들면 내가 잡채를 할게요."

선생님 앞에서 시험 치는 기분이다. 나에게 음식 만드는 것 알려주다가 결국 동서 혼자 빠르게 마무리한다. 양념 찾아주는 일도 빠릿빠릿하게 하지 못하고 있다.

다른 반찬 없이 김치에 주요리 하나만 만들 때도 많다. 우리 집에서 다섯 명이 잘 먹는 음식은 삼겹살이다. 삼겹살도 지루하면 부대찌개나 오리 불고기 같은 것을 사서 저녁상에 차렸다.

음식 할 줄 모르는 대신 '현관 앞 키친' 새벽 반찬 정기배송 업체를 최근에 알아냈다. 샤부샤부나 감자탕 같은 음식은 창원 '다니네 부엌' 업체에서 배달해 먹는다. 그리고 음식 솜씨 없는 나 대신 남편이 주방을 맡았다. 남편이 늦거나 나도 남편도 상 차리기 피곤한 날에는 배달 음식이나 전자레인지만 돌리면 되는 음식을 먹는다.

내가 찾은 방법이 늘 괜찮은 것은 아니다. 일곱 살 희윤이 유치원 선생님과 상담했다. 희윤이는 어금니로 음식을 씹는 것이 아니라 앞니 있는 쪽에서 음식을 오물거린다고 했다. 아마도 희윤이가 다섯 살이었을 때에도 짜 먹이는 휴대용 이유식을 사서 먹인 적 있었기 때문인 것 같다.

딸들은 싸이버거 세트를 시켜달라는 말을 자주 한다. 싸이버거 시키다 보면 희윤이가 좋아하는 팝콘 볼도 주문해야 한다. 희수, 희진이는 본인의 버거는 아껴두고 희윤이 팝콘 볼을 한두 개 빼앗아 먹는다. 희윤이는 팝콘 볼이 부족했는지 언니들이 먹던 양념 감자를 집어 먹는다.

다음 날 아침 희윤이가 토를 하기 시작했다. 열도 난다. 식구들은 괜찮았는데 희윤이 속에는 맞지 않았나 보다. 이틀 후 생일날에도 미역국 먹은 것도 토해냈다. 희윤이가 아플 때는 배달 음식으로 한 끼때운 것에 대해 후회한다. 이제부터 집밥을 먹어야겠다고 다짐하고 느린 솜씨로 채소를 사각으로 잘라 희진, 희윤이가 좋아하는 카레를 만든다. 며칠 가지 못하고 몸 편한 방법으로 저녁을 해결한다.

음식을 못 한다고 자책하지 않는다. 주중에는 식사 준비에 필요한 시간을 아껴서 아이들과 나에게 활용한다. 그림책 읽어주기는 딸들에게는 물론 나에게도 연구를 위해 꼭 필요한 일이다. 나처럼 음식 못하는 엄마이거나 나보다 음식을 잘하지만, 개인 시간이 부족한 엄마는 반찬 정기 배달받는 방법을 적극적으로 추천한다. 반찬을 만들기 위해 장 보는 시간과 요리하는 시간을 돈으로 환산한다면 반찬 배달도 나쁘지 않다고 생각한다. 물론 반찬 업체에 대한 사전 정보 수집

여자, 매력적인 엄마 되는 법

은 필수다. 요즘에는 딸들이 좋아하는 카레밥도 자연드림에서 산 치킨 카레를 자주 먹인다. 주말에는 세멸치를 사서 아몬드 멸치볶음을 해두거나 메추리알 조림을 만든다. '달걀 홈서비스' 업체에서 배달 받은 달걀로 달걀 요리하거나 스펀지케이크를 만들어 둔다.

5인 가족 집밥은 늘 숙제다. 아이 셋 입맛 달라서 잘 먹이는 것도 힘들다. 더군다나 키가 작은 둘째와 셋째를 위해 조금 더 신경을 써야 하지 않을까 생각도 해본다. 나의 결심이 얼마나 오래 유지될지는 모르겠지만 육아 고민이나 자책 대신 무엇을 개선할지 생각하는 엄마로 살고 있다.

6

•

아이 셋 돌아가며
아플 때

어린이집 다니는 자녀들의 잦은 병치레 때문에 고민한 적 있는가? 첫째 하나 키울 때도 아프면 간호하느라 밤에 잠을 깊이 자지 못했다. 아이 셋을 낳고 보니 아이 한 명 키우면서 감기 걸리는 것 정도는 강도가 덜 한 것이었다.

2016년 12월 29일. 둘째 희진이가 일곱 살이었을 때, 갑자기 토를 했다. 이틀 전에 배가 고프다는 녀석에게 차려준 게 점심용 컵라면이었다. 희윤이가 태어난 지 세 달 되었을 때다. 남편은 김해중앙병원 달빛 소아청소년과에서 야간 진료 정보를 알아냈다. 희진이는 우리 집에서 왕복 50분 걸리는 병원에서 진료받았다.

다음 날 12월 30일 큰딸 희수가 4학년 겨울방학을 맞이했다. 갑자기 열이 났다. 갑을장유병원에 가서 독감 검사를 했다. 이틀간 2인실에 입원해 있다가 1월 1일 새해맞이 1인실로 옮겼다. 병원에서 남편이 희수를 돌봤다. 남편은 공부방 회원들에게 3일간 방학하겠다고 통보

여자, 매력적인 엄마 되는 법

했다. 회원 줄면 어떡하나 싶었다.

달빛 소아청소년과를 다녀온 후 설사도 하지 않고 열도 없었다. 이제는 낫는가 싶었다. 12월 31일 저녁에는 희진이가 미열 37.5도가 나왔다. 1월 1일 새해 아침에는 38도를 찍었다. 병원에 있다가 집에 들른 희수 아빠에게 희진이가 열난다고 말했다. 남편은 응급실에 희진이를 데려갔다. 독감 검사에서 양성이 나왔다.

희수가 1인실 옮기자마자 희진이의 입원. 같은 독감이라 함께 있기로 했다. 희수는 열도 내렸고 밥도 잘 먹었다. 오랜만에 마음껏 게임도 할 수 있어서 휴가인 것 같았다. 희진이는 열이 나서 잠을 푹 자게 했다. 병원 침대에 누운 모습을 보니 갓 태어났을 때 금복주가 다시 떠올랐다. 마른 몸으로 누워 있는 걸 보니 영락없는 아기 희진이다. 셋째 낳고 산후풍으로 한의원 다닐 때 한의사는 희진이에게 무료로 진맥했다. 한의사에 의하면 희진이는 장기가 작은 편이라고 했다. 조금씩 자주 먹어야 한단다. 직장 다니면서 엄마표 간식 제대로 해준 적 없었다. 희수가 아빠와 함께 병원에 있는 동안 석 달 된 막내 희윤이 수유하고 씻기느라 식사 준비를 못 했다. 희진이에게 컵라면 준 적이 이번만은 아니었다.

한 가지 더 걱정이 생겼다. 남편과 나, 막내 희윤이까지 독감이면 어쩌나. 희진이 독감 소식을 듣자마자 마스크를 두 겹으로 꼈다. 겨울철 교실에서 독감 환자들이 한 명씩 늘어날 때도 마스크는 쓰지 않았다. 안경 김 서림 때문이었다. 막둥이 건강을 지켜야 한다는 마음에 잠을 잘 때에도 마스크를 썼다. 누워서 모유 수유하다 보면 희윤이는 내 입 아래쪽에 얼굴을 갖다 대고 잠을 잔다. 독감 걱정하면 할수록 내 몸이 으스스 추운 것 같고 두통도 생겼다. 2주간 산후조리원에 있다가 집에 온 이후로 산모가 아닌 세 아이 엄마로 남편 공부방 학생들 눈치 보는 방구석 육아를 했기에 몸살감기가 와도 전혀 이상하지 않았다.

남편이 집에 온 후 나는 갑을장유병원에 독감 검사를 하러 갔다. 음성이었다. 몸살기가 있어도 약 처방은 받지 않았다. 3층에 입원해 있는 두 딸 얼굴을 보지도 않고 집으로 향했다. '음성' 소리 듣는데 두통이 사라진 것 같았다. 언니들 퇴원한 이후 막내 희윤이는 100일 되는 날 '코미시럽'을 처방받았다. 희윤이는 코감기 때문에 잠을 깊게 자지 못했지만, 나는 두 겹의 마스크 벗고 편안하게 숨 쉬면서 잠을 청했었다.

내가 딸들 병치레 때문에 고민한 이유는 죄책감 때문이었다. 학교 일을 집에도 들고 와서 해결하느라 저녁을 자주 사 먹었다. 식비도 많이 썼고 병원에도 자주 갔다. 간호사들이 다섯 식구 얼굴을 다 알아볼 정도다. 아이들은 크면서 아플 수 있다. 아픈 상황은 자녀들에게 육체적으로 힘든 일이겠지만 엄마로서 죄책감이 들 문제는 아니었

여자, 매력적인 엄마 되는 법

다. 아픈 아이를 돌보지 않으면 잘못이다. 나와 아이들 아빠는 번갈아 간호하고 챙긴다. 아이들은 원래 병치레한다고 인정하는 마음가짐이 필요하다.

아이들 앞에 '당당한 엄마'가 되기로 했다. '당당한 엄마'란 자녀들이 아플 때만 생각해 내는 단어가 아니다. 우리 반 학예회는 기획, 준비, 리허설을 철저히 했고 성공적인 무대 공연을 마쳤지만 정작 내 딸들 공연엔 가지 못하는 상황도 있었다. 이럴 때도 '당당한' 자세 필요하다. 엄마의 학예회도 스케치하듯이 간단히 들려주면 공감하는 엄마와 딸 사이가 된다.

내 딸들이 아플 때는 잡생각 내려놓고 간호에만 집중한다. 아이들이 건강을 회복했을 때는 내 일에 몰입한다. 세 자매는 병원에서도 입원 첫째 날과 둘째 날에 열 때문에 힘들어했다. 희수, 희진이 입원 셋째 날이 되니 간호한다고 옆에 있는 엄마를 매번 부르지는 않았다. 둘째가 입원했을 때 나의 경우 수행평가 결과 중간 통지표를 만들어야 하는 시기였다. 그 당시 나는 노트북이 없었다. 한글파일 양식을 학생 수만큼 인쇄했고 성적 기록 엑셀 파일도 종이 출력했다. 서류봉투에 넣고 내 도장도 챙겼다. 희진이가 한참 스마트폰 게임에 열중하고 있을 때 나는 입원실 아동용 밥상을 편 후 수기로 성적표를 만들었다. 손 글씨 쓰는 것 그다지 좋아하지 않았지만, 수정테이프 사용하지 않으려고 부단히 애썼었다. 희진이가 링거 거치대를 밀고 화장실

간다거나 약 먹을 때와 같이 엄마를 부를 때에는 하던 업무를 멈추고 희진이를 도왔다. 아이들 입원 기간에도 시간을 아껴 병원에서도 업무를 진행하는 습관 덕분에 평소에도 나는 자투리 시간을 활용하는 것 같다.

셋째를 낳고 나서 자주 혼잣말해 본다. "낳아준 게 어디야?" 키 작은 셋째로 인하여 유치원 선생님이 걱정하는 마음을 전해주셨고 주변 엄마들이 키 크는 주사 맞히는 것까지 내게 정보라고 말해주었지만, 한 치의 흔들림도 없었다. 혼잣말 덕분이다.

'당당함'과 '집중' 키워드 덕분에 2022년 4월, 우리 집에 닥친 코로나 감염에도 나는 무사했다. 둘째 희진이가 코로나 확진이 된 지 일주일 뒤에 셋째 희윤이가 확진되었다. 희진이는 혼자 집에 머물 수 있어서 내가 보호자 지정하지 않고 학교에 출근할 수 있었다. 희윤이는 보호자 지정이 필요한 상황이었다. 학교 업무는 멈출 수 없다. 내가 가지 않으면 학급도, 내 업무도 마비다. 일주일 보호자 지정 격리가 된 후 출근을 시작하면 밀린 업무량을 감당할 수 없다. 남편을 쉽게 할 수도 없었는데……. 남편도 이틀 전부터 목이 아팠다는 사실을 알게 되었다. 희윤이가 코로나 확진이 되면서 온 가족 다시 신속항원 검사를 해야 했다.

"고석환 님 코로나 양성입니다."

간호사의 목소리가 반가웠다. 남편은 수학 공부방 회원들에게 사정을 말한 후 일주일 치 회비를 돌려주었다. 남편은 증상이 심하지 않았다. 희윤이가 이틀간 고열이었던 것은 염려스러웠지만 그 후 일주일간 희윤이 돌보며 집에서 휴가인 것처럼 보냈다. 가족 세 명이 2주간 겪은 코로나 전쟁 가운데서도 나는 살아남았다. 가족을 위해 코로나 걸리면 안 된다며 딸들을 멀리 대한 '당당함'과 나의 일에 '집중'하는 태도, 마지막으로 잘 때도 사용했던 두 겹 '마스크' 덕분이다.

아플 땐 아픈 상황에서 간호에 집중하고 아이들이 건강할 때는 내 일에 집중한다. 마음이 가라앉아서 나 자신을 지치게 하지는 않을 것이다. 당당한 엄마다.

7

•

옷 정리 포기했다

제주도 사시는 시부모님이 오신다. 이사한 지 1년 만이다. 집 정리가 시급하다. 5인 가족 옷이 널브러져 있다. 계절이 바뀐 탓을 해보지만, 우리 집에서 정리 정돈 잘하는 사람은 남편과 둘째 딸 뿐이다. 첫째 방에는 책상, 전자피아노, 침대 그리고 실내 자전거가 있다. 희수는 네 가지 모두 옷걸이로 사용하고 있다. 고등학생인 희수는 짧은 동복 치마와 살구색 스타킹을 신고 등교한다. 한번 신은 스타킹은 자전거에 걸려 있다. 열흘에 한 번씩 스타킹을 사달라고 한다.

내 노트북 근처에는 책이 가득 쌓여 있다. 책상 아래에는 어제와 오늘 벗어둔 양말이 그대로 있다. 하루씩 입었던 블라우스는 의자 등받이가 되어 있다. 주말이 다가갈수록 등받이는 푹신하다.

거실에는 빨래 건조대 대형과 소형이 있다. 접어본 적 없다. 늘 빨래를 말려준다. 베란다 천장에도 빨래 건조대가 있다. 빨래를 말리기 위한 곳이지만 남편 옷이 걸려 있다. 베란다에도 3단 책장을 한 줄 비치했는데, 책상 위에는 언제 올려두었는지 모르는 희윤이 옷이 쌓여 있다.

출근길, 등굣길. 가족은 베란다에 설치해 둔 빨래 건조기에서 자기 옷을 빼간다. 거실에 있는 건조대에서도 수건, 옷 등을 찾아간다. 빨래를 개어 각방으로 가져다 두는 걸 포기했다. 자기 옷은 자기가 챙기는 거다. 이걸 제일 못하는 사람이 바로 나다.

이사할 때 많이 버리고 왔는데도 옷장에 세 자매 옷이 가득하다. 희수 옷은 최소 4년간 묵혀둔다. 희진이가 6학년이니 희수가 6학년이었을 때 입었던 옷을 찾아서 입혀본다. 계절이 바뀔 때마다 반복된다. 건질만 한 옷은 희진이에게 입히고 그렇지 않은 옷은 의류 수거함에 넣는다. 희진이 옷도 마찬가지다. 희윤이와의 나이 차이를 생각하면 희진이 옷도 6년은 묵혀둬야 활용할 수 있다. 연휴를 맞이할 땐 옷 정리해 보려고 하지만 분류하다가 결국 그대로 쑤셔 넣게 된다.

교회 친한 언니가 희윤이 입히라고 옷을 몇 박스 보내주었다. 몇 년 뒤 입혀야 할 것 같아서 수납장 빈 곳에 쌓아두었다. 희윤이보다 키가 큰 유주에게도 옷을 물려받았다. 쇼핑백 채로 내 책상 옆에 3주째 방치되어 있다. 풀어 볼 엄두가 나지 않는다.

희수만 키웠을 때는 부부 옷 외에 아기 옷도 우리 집에 있다는 점이 신기했다. 손바닥만 한 옷을 보관하기 위해 좁은 원룸에도 5단 수납장을 샀었다. 희진이를 낳았을 때도 희수 옷과 희진이 옷을 구분하여 수납장에 정리 정돈 잘했었다.

희윤이가 태어나면서 옷 정리를 포기했다. 양말이나 속옷을 하나씩 개어두는 일도 하지 않는다. 서랍장에 다이소 바구니로 구분한 공간에 같은 종류 옷끼리 던져둔다. 수건도 두 번만 접어서 욕실 앞에 둔다. 욕실 안, 수건 수납장에 수건이 들어갈 겨를이 없다. 5인 가족 차례대로 씻고 나오면 수건 빨래만 산더미이기 때문이다.

아이 셋 키우면서 직장에 다니는 나는 빨래 정리에 시간도, 소질도 없다는 것을 알게 되었다. 시부모님 오시는 날에 갑자기 정리한다고 해서 우리 집 옷 정리는 나아지지 않는다. 시어머니께서 건조대 옷을 다 걷어 개어 놓으신다. 그사이 딸 셋은 빨래할 옷을 꺼내둔다.

다섯 명의 옷을 어떻게 하면 깔끔하게 정리할 수 있을까? 세 가지 방법을 생각해 보았다. 세 자매 물려받은 옷을 최대한 버린다. 집안일에 세 자매를 동원한다. 옷 구매를 자제한다.

첫째, 세 자매 물려받은 옷을 최대한 버려야겠다. 지금껏 희진이에게 선택되지 않은 희수 옷은 틈틈이 버려야겠다. 언젠가 입을 거라는 생각으로 옷은 리빙박스 자리만 차지하고 있다. 희진이도 6학년이 되고 나니 언니가 입었던 옷 스타일보다는 본인이 좋아하는 디자인이 있었다. 청바지나 흰 티 같은 학예회용 옷만 챙기고 나머지는 정리하려고 한다.

지인들에게 물려받은 옷도 버려야겠다. 지인들의 마음은 고맙다. 그러나 공간이 확보되지 않은 상태에서 받아오다 보니 종이가방째로 방치하게 된다. 지인들은 계절이 갓 지난 옷을 준다. 우리 집에서 묵히는 세월도 생각해야 한다. 버리자. 희윤이도 곧 초등학생이 되니 물려 입기보다는 저렴한 이월상품을 사 입혀야겠다.

둘째, 집안일, 옷 정리를 세 자매에게 시켜야겠다. 남편이 자상한 편이라 아이들 방까지 옷을 갖다 둔다. 한 번씩 누구 옷인지 헷갈려서 희수 옷을 내 옷장에 넣어둔다. 희수가 자기 옷 없다고 하면 남편은 분명히 넣어두었다고 당당하게 말한다. 내 옷장에서 희수 옷이 발견된다. 그러면 나는 이렇게 말한다.

"네 옷은 네가 넣어둔 곳에서 가져가. 아빠한테 뭐라 하지 말고."

희윤이는 수건을 잘 갠다. 희진이는 자기 옷을 가져다가 네모반듯하게 정리한다. 나와 희수만 잘하면 되겠다. 자기 옷은 각자 신속하게 챙겨서 옷장에 넣어두는 것으로 우리 집 가족에게 공지해야겠다.

셋째, 옷 구매를 자제해야겠다. 물려받은 옷을 버리면 옷 구매는 필수인데 앞뒤가 맞지 않는다. 그러나 나의 경우 아이들 옷을 넉넉하게 사주기도 한다. 내가 어릴 적 교복 외에는 옷이 전혀 없었다. 지금도 나는 책 구매비를 많이 사용하기 때문에 의도적으로 내 옷은 거의 구매하지 않는다. 대신 딸들 옷은 가격과 관계없이 아이들이 좋다고 생각하는 옷을 여러 벌 사주는 편이다. 마음에 든다고 사놓은 옷을 집에 돌아와서는 잘 입지 않을 때 돈이 아까웠다.

어른뿐 아니라 아이들도 손이 자주 가는 옷 스타일이 따로 있다는 사실 알았다. 다섯 벌 사주는 편이었다면 세 벌로 줄여서 옷 구매를 자제해야겠다. 딸들이라고 해서 비싼 원피스는 사준 적 없다. 그나마 내가 잘한 일이다.

버리기, 함께 정리하기, 옷 구매 자제하기. 마음먹고 실천하면 어렵지 않다. 특히 셋째가 입었던 옷, 셋째에게 맞지 않는 옷을 버린다는 것은 그만큼 셋째가 많이 컸다는 뜻이다. 셋째의 성장으로 내 나이는 많아지고 자유시간도 늘어난다. 옷 정리는 포기했지만, 육아에서는 탈출하는 것 같다.

육아 고민에는 정답이 없다. 육아 포함하여 습관을 만들 때는 꾸준한 기록이 동력이 되었다. 정리 정돈한 경험을 짧게라도 매일 써서 글을 쌓는다면 나처럼 옷 정리 잘하지 못하는 사람에게 약간의 도움을 줄 수 있지 않을까 상상해 본다. 아니면 지금처럼 살지만, 외부 전문가의 도움을 받는 것도 나쁘지 않다고 생각한다. 옷뿐만 아니라 정리 정돈 시간을 아껴 내가 하는 독서와 글쓰기, 라이팅 코치 업무에 몰입하는 것도 방법의 하나다.

매력적인 엄마로서 정리 정돈 못 하는 모습을 보여주었다. 아이러니하다고 느낄 수도 있겠지만 작가로서 진솔함은 채웠다.

8

·

다독 대신
하루 한 권 책 읽기

책에 먼지가 가득하다. 딸들은 전집을 읽지 않는다. 아기 때 읽어 준 게 전부다. 책 본전 생각 난다. 신용회복위원회를 통해 갚았던 빚에는 책값도 분명 포함되어 있다. 독서 육아를 한 건 사실이다. 그리고 책 구매에 대한 욕구도 채웠다. 아기 때부터 전집 여러 세트를 동시에 사들였다.

이사할 때 가져온 5단 책장이 여덟 개다. 거실과 안방에 두 개씩 놓았다. 나머지 네 개의 책장을 현관과 중문 사이에 놓아보니 4미터 길이의 도서관이 만들어졌다. 10년 전 구매한 책이 많다. 아래 1, 2칸에 꽂아 본다. 나도 손이 안 가니 희윤이라고 손이 갈까. 언니들을 위해 산 책이다. 장식으로 우선 꽂아둔다. 아기용 보드 북 전집, 창작동화는 조카에게 보냈다. 이후에도 더 줄 생각이다.

대신 희윤이는 방문 학습지 선생님이 가져온 단행본을 좋아한다. 때로는 도서관 같아서 기분 좋았다가 다음 날 둘러보면 집이 갑갑하다.

교원 빨간펜 일하는 동서에게 자주 전집을 구매했다. 동서는 동서대로 실적이 오를 테고 나는 나대로 책장 채우는 재미가 있었다. 그 당시 동서에게 산 책은 희수가 활용하기엔 글밥이 많다는 점이 문제였다. 보드 북이나 생활 동화가 어울리는 돌쟁이 아기에게 명작 CD를 들려주었다. 전집 할부가 끝나면 희수가 책을 마음껏 활용할 나이가 될까. 한꺼번에 책 박스가 도착했을 때의 기쁨은 온데간데없고 할부 책값만 부담되었다.

세 자매 독서 습관을 위해 아이마다 선호하는 책이 다르다는 것을 인정하기로 했다.

첫째 희수는 일곱 살 때, 옛이야기를 좋아했다. 옛이야기 중에서는 《여우 누이》, 《팥죽할멈과 호랑이》를 즐겨 읽었다. 제목은 같지만, 출판사마다 내용과 그림이 조금 다른 책을 도서관에서 빌려 읽어주었다. 초등학교 들어가면서부터 그림책 단행본을 자주 읽었으나 둘째, 셋째의 육아로 인해 희수는 스스로 책을 읽었다.

중학생, 고등학생 때 독서동아리 활동을 했다. 학교에서 책을 사준 모양이다. 희수 책상에는 《마케터의 생각법》, 《모든 것이 산산이 부서지다》가 놓여 있다. 동아리에서 토론하기로 했단다.

고3을 앞둔 희수는 문예 창작 공부를 위해 추천받은 책을 읽는다. 《여름의 빌라》, 《화장》 두 권을 사달라고 해서 바로 결제했다. 책은 사서 읽는 거라고 강조하면서.

여자, 매력적인 엄마 되는 법

둘째 희진이는 돈을 좋아한다. 책 읽을 테니 용돈을 달라고 먼저 제안한다. 용돈의 금액이 내 생각과 같을 땐 흔쾌히 수락한다. 초등학교 3학년이었던 희진이는 한 권 읽으면 100원을 달라고 했다. 속독하는 것인지 아니면 대충 읽는 것인지 헷갈릴 때가 있어서 내용을 설명해 주는 것까지 포함하여 100원으로 합의했다. 희진이 덕분에 새것 같은 전집에 골고루 지문을 남길 수 있었다. 초등 4학년 때부터 희진이는 동화책, 만화책 시리즈물을 사달라고 했다. 《이상한 과자 가게 전천당》, 《설민석의 한국사 대모험》은 신간이 나올 때마다 구매했다. 희진이의 같은 반 친구들도 우리 집에 와서 책을 빌려본다.

중1을 마무리하면서 독서록 기록 결과를 학교생활기록부에 반영하는 모양이다. 주말에 조용하다 싶더니 독서록을 쓰기 시작했다. 내가 시키지 않아도 쓰니 다행이다. 학교에서 쓰라고 해도 본인이 안 쓰겠다고 하면 어쩔 수 없는 일인데 말이다.

셋째 희윤이는 2022년 3월부터 '백일의 그림책' 모임에 들어갔다. 33일씩 세 번 참여하여 백일 동안 그림책 읽어주는 목표를 세웠다. 6기부터 12기까지 참여했다. 기수마다 33일씩 참여하여 매일 책 읽어주기 습관을 만들었다. 희윤이에게 '하루 한 권' 읽어준 그림책에 날짜 표시한 사진을 찍어 오픈 카톡방에 공유한다. 희윤이는 같은 책을 가져와서 읽어달라 하기도 하고 글자 수가 적은 책을 의도적으로 가져올 때도 있다. 책 읽어주는 소리 빨리 듣고 유튜브 동영상을 볼 속셈이다.

희윤이가 일곱 살이 되면서, 희수와 희진이 일곱 살 때 읽었던 책이 무엇이었는지 블로그 기록을 찾아보았다. 희수는 미리 들어온 교원 전집으로 인해 솔루토이 역사, 지리 등 희수는 모두 읽었다.

희수를 위해 산 전집을 희윤이까지 읽히기엔 무리다. 희윤이는 단행본을 즐긴다. 어쩌면 엄마인 내가 단행본을 자주 사고 대출하기 때문인 것 같다. 줌 강의에서 서현 작가를 만났다. 이후 희윤이는 서현 작가의 《간질간질》과 《눈물바다》를 좋아한다.

세 아이 모두 좋아하는 책의 종류가 다르다. 다독 대신 '하루 한 권 책 읽기'와 '백일의 그림책' 모임 덕분이다.

희수만 키울 때는 다독을 강조하던 시절이 있었다. 세 명을 낳으면서 희수에게 다독을 강조할 여유가 없었다. 내가 시간을 할애해야 다독도 가능했다. 다섯 살까지 읽어준 책 제목을 기록했다. 아마 내가 희수를 외동딸로 키웠으면 너무 책을 강조했을지도 모르겠다. 희수는 지금쯤 독서동아리는커녕 책 자체를 거들떠보지도 않을지도 모른다.

현관 앞 전실 4미터를 채운 책장에 꽂혀 있는 책은 내가 책을 살 때의 설렘으로 이미 역할을 다했다. 아이들에게 책 읽도록 잔소리하는 대신 내가 하루 한 권 전집 읽기 진행하는 것이 낫겠다.

롯데마트에서 일곱 살 희윤이가 빨간펜 부스에서 풍선을 얻었다.

이후 교원 빨간펜 선생님 연락으로 교원 사무실까지 방문하게 되었다. 빨간펜 선생님은 나의 첫 책《조금 다른 인생을 위한 프로젝트》를 읽었다면서 사인을 부탁해 왔다. 그리고 스마트 시대 패드와 전집이 묶여 있는 상품을 소개하기 시작했다. 패드 안에서 유치원 주제별 학습에 해당하는 전자책이 함께 연결되어 있으므로 학생들이 주제별 독서가 가능하다고 설명했다. 책을 읽은 후에는 책의 내용을 잘 기억하는지 확인 문제도 풀 수 있다고 했다.

내 책을 제대로 읽었다면 나에게 전집과 패드 구입을 권하지 않았을 것 같다. 도서관을 서재로 사용하라고 주장했던 책이기 때문이다.

며칠 뒤, 빨간펜 선생님은 내게 문자를 보냈다. 삼국유사, 삼국사기 전집을 사라고 광고했다. 삼국유사와 삼국사기 책이 있다고 했더니 선생님은 한 번 더 답장을 보내왔다.

"10년 전 책을 희윤이에게 읽히기엔 좀 그렇죠? 많이 바뀌었어요. 새 책 읽혀보세요."

선생님의 정성스러운 카톡 메시지에서, 조카에게 책을 권하던 동서의 모습이 보인다. 활용을 잘하는 가정도 있겠지만 집에 있는 4미터 길이의 책이라도 활용하고자 애쓰려고 한다. 공공 도서관에 전집이 있어야 한다고 말했던 사서교사의 말이 생각난다.

독서교육에도 정답은 없다. 방법 다양하며, 육아서나 교육서에 공개되어 있다. 초중고 연계하여 독서교육에서 한 가지만 생각해 본다면 평생 독자로 기르는 것이 목표가 되어야 한다. 우리 집의 경우 끝까지 다독을 고집했다면 아이들 모두 평생 독자는 되지 못했을 것 같다. 가장 먼저 독서 육아 했던 큰딸이 고3이 되어 작가가 되겠다고 하는 이유는 책의 재미가 우선 되었다고 본다.

육아 고민에는 정답 없다. 아이마다 다르다는 것을 인정하고 엄마로서 해야 할 일을 챙기는 태도가 지혜롭다고 생각한다.

여자, 매력적인 엄마 되는 법

제 4 장

여자,
매력적인
엄마 되는 법
① – 공부법

1
.

100일 동안
33권 읽기 모임

2020년 여름, 《독서교육 콘서트》 김진수 작가 블로그에서 회원 모집 공지를 발견했다.

코로나19에 맞게 온라인 독서 모임의 일환으로 책바침 2기를 운영합니다.

《독서 천재가 된 홍 대리》에 나온 '100일 동안 33권 읽기 프로젝트'를 실시합니다.

▶일시 : 2020년 8월 10일 (월)~11월 18일 (수) (100일간)

▶대상자 : 독서 습관을 잡고, 자기혁신을 이루고 싶으신 분 + 글쓰기는 덤으로!!!

▶회비 : 33,000원 (33권 읽기 프로젝트의 의미를 부여하여 1권당 1,000원 산출, 100일 후 읽은 권수에 따른 페이백 또는 선물 증정)

▶지정 도서 (20권) + 자유도서 (13권) ⇒ 오픈 채팅방 공유

▶방법 : 오픈 채팅방 초대, 매일 읽은 책 + 하루 스케줄 관리 인증, 1달에 1회

여자, 매력적인 엄마 되는 법

혼자 읽으려다 포기했다. 아이 셋에게 읽어준 책 말고는 읽은 기억이 가물가물하다. 매력적인 엄마가 되기 위해 독서가 필수라는 생각이 들었다. '독서 습관을 잡는다'라는 말에 참여하고 싶었다. 신청서에 독서 나이를 2개월로 적었다. 과연 100일 동안 33권 읽기를 소화할 수 있을까 걱정되었다. 방학 기간에는 책 읽을 여유를 가질 수 있겠지만 학기 중에는 정해진 날짜에 완독하지 못할 것 같았다.

지정 도서 20권 주문했다. 남편 공부방에 남는 책상 하나를 안방으로 옮겼다. 책바침 2기를 준비하면서 처음으로 내 책상을 마련했다. 책상 위에 책등이 보이게 20권의 책을 올려두었다. 한 권도 읽지 않았는데 20권 모두 소화한 기분이 들었다.

8월 10일 100일간 책 읽기를 시작했다. 3일에 한 권씩 읽어야 한다. 《독서 천재가 된 홍 대리》는 몇 년 전 한 번 읽었기 때문에 다시 읽기 수월했다. 두 번째 책으로 《김미경의 리부트》를 읽기 시작했다. 많은 분이 좋은 평을 내렸지만 나는 읽어도 머리에 들어오지 않았다. 의무감으로 한 페이지씩 읽어나갔다. 독서력이 부족하다고 생각했다. 8월 12일부터 8월 14일까지 3일간 읽었다. 책 전체에 밑줄을 그었다. 내 눈이 지나간 자리일 뿐이다. 8월 15일부터 《읽고 쓴다는 것, 그 거룩함과 통쾌함에 대하여》를 읽기 시작했다. 지정 도서였기에 읽어야 했다. 이 책은 《김미경의 리부트》보다 더 어려웠다. 페이백 1,000원도 못 받을 것 같았지만 읽기를 포기했다. 책 선정에 분명 이유가 있을 터다. 마지막에 읽기로 하고 다음 책을 펼쳤다.

완독한 책은 구글 드라이브 공유된 엑셀 파일에 입력했다. 읽기 시작한 날짜를 책 제목 앞에 붙여서 며칠마다 한 권씩 읽고 있는지를 표시했다. 하루동안 챙길 일 여섯 가지를 메모할 때도 독서를 1번으로 챙겼다. 오픈 채팅방 안에서도 읽은 책과 하루 계획을 공유하였다. 코로나로 인해 비대면 모임을 처음 해보지만 마치 직접 만난 것 같았다. 채팅방 안에 함께 있는 사람들과 돈독해졌다.

1차로 줌 화상 회의에 참여한 사람들끼리는 더 가까워졌다. 1차 모임에는 함께 하지 못했다. 코로나 확진자 발생으로 학교에 임시 선별 검사소가 설치되었기 때문에 시간 외 근무를 했었다. 학부모의 걱정 어린 전화를 받으면서도 나는 채팅방의 실시간 줌 모임 소식에 관심을 가졌다.

김진수 작가에게 100일간 받은 에너지 중에서 '책 쓰기'도 있었다. 김진수 작가는 교사 작가로서 먼저 책 출간했고, 교사 책 쓰기 강의도 하고 있다. 자기 계발을 위해 목돈을 들여 배운 지식을 교사들에게 나누었다. 책을 쓰라고 강조하는 모습 덕분에 '잘하면 나도 쓸 수 있겠다' 생각이 들었다. 가슴 뛰었다. '사이드 프로젝트'라는 이름으로 교사도 자기 계발이 필요하다고 강조했다. '책 쓰기' 내 마음에 품었다. 책상 앞 창문에 '작가, 북튜버, 임계점'이라고 적었다. 다른 사람에게도 에너지를 나누는 사람이 되어야겠다고 생각했다.

나부터 챙기는 삶이 곧 가족을 위한 방법이란 사실을 책 읽으면서 알았다. 책 읽는 동안에는 쓸데없는 걱정도 사라졌다.

《독서 불패》,《생각의 비밀》,《고수의 학습법》등 지정 도서가 아니었다면 제목조차 몰랐을 책을 소장 중이고 가끔 꺼내 재독한다. 100일간 33권 읽고 얻은 것은 독서 친구들이었다. 함께 읽었던 전국구 선생님들과 SNS를 통해 서로의 성장을 응원하고 있다.

프로젝트가 끝났다고 해서 나의 독서 습관이 정착된 것은 아니다. 100일간 치열했던 삶은 독서 습관 출발점이자 나 먼저 챙겼던 시간이었다. 세 자매도 중요하다. 그리고 나도 챙길 줄 알아야 한다는 사실 독서를 통해 알았다. 걱정 대신 '생각'을 하게 된 점도 독서 덕분이다. 내가 책 속 주인공이나 책을 쓴 작가라면 어떻게 했을까 같은 질문이 생기기 시작했다.

2022년 11월 1일 김해교육지원청 행복한 책 읽기 동아리 결과 발표회가 있었다. 초대 작가 이름은 '안상헌'이었다. 아침에 칠판 편지용으로 사용했던《어느 독서광의 생산적 책읽기 50》저자다. 100일간 책 읽은 보람이 있다. 중고로 사서 읽긴 했지만, 학급 칠판에 자주 책 속 명언을 베껴 쓴 경험이 있다. 독서 경험은 연결된다. 오늘 읽은 책은 내일 내 삶에 적용될 수 있다.

100일 동안 33권 읽기 모임 쉽지 않았지만, 함께 참여한 선생님들 덕분에 독서 경험 쌓았다. 공부법 중에 가장 오래된 방법은 독서가 아닐까. 세 자매, 학급 학생. 누구든지 한 가지만 조언해 달라고 한다면 독서다. 읽어야 얻는다. 세 자매 독서 기록 대신 엄마의 독서 기록을 이어 간다.

다자녀 직장맘으로 24시간이 부족한 나. 100일간 33권 읽기 모임 덕분에 온라인 모임 운영법에 대해서도 힌트를 얻었다. 그림책 읽고 짧은 글쓰기 모임 하나 만들었다. 일명 '글빛글빛 그림책' 모임이다. 내 안의 빛나는 글 그림책 한 줄을 통해 빚어낸다는 뜻이다. 독서 모임 리더 덕분에 나도 운영자로 서 본다. 공부법 중의 1번은 독서, 독서 중에 효과 있는 방법은 함께 책 읽기다.

2

·

60일 닥치고 글쓰기

글을 쓰지 않았다. 내 이야기를 공책에 보관하고 싶지 않았다. 교사로서 사적인 이야기를 SNS에 공개하는 것은 옳지 않다고 생각했다. 카톡 프로필 사진도 자유롭게 올리지 못했다. 2013년 옆 반 선생님이 2학기 육아휴직 중 브런치 먹었다고 카톡 프로필에 올렸을 때 교무실에 항의 전화 오는 일도 있었다. 내가 블로그에 글을 쓰게 된다면 학교 이야기가 반 이상이다. 학교 이야기를 떠벌리는 기분 때문에 더더욱 글을 쓰지 못했다. 업무 진행이나 학급 운영에서 마음이 상했을 때는 비공개로 메모해 둘 뿐이었다.

기회가 생겼다. 백작(白作)이 되겠다고 결심한 2020년 10월. 황상열 작가의 안내 덕분에 '닥치고 글쓰기' 과정을 신청했다. 매일 글을 썼고 카페에 올렸다. 내 글을 읽고 피드백해 주는 황 작가, 과정에 함께 참여하는 여러 작가 덕분에 '매일 쓰는' 작가가 되었다. 글쓰기 질문으로 '어린 시절, 현재, 미래'까지 글에서 나를 마주하게 되었다. 그 결과 한 편씩 글이 쌓였다. 60일간 모인 글 덕분에 잘하면 책도 쓸 수 있겠구나 하는 기대도 생겼다.

'닥치고 글쓰기' 첫 달에는 학교 근무 이야기를 주로 썼다. 코로나 상황에서 학교의 봄, 여름에 대해서도 글로 남겼다. 아랫글이 학교 이야기를 블로그에 올리는 계기가 되었던 것 같다.

<코로나/9 올해 학교의 '봄'> 시작 문단
이런 일은 처음이다. 2월 23일 개학 연기발표가 났다. 2월 24일부터 3일간의 신학기 준비를 위한 교육과정 연수가 취소되었다. 2월 24일은 김연옥 교수님의 강의를 듣기 위해 교장 선생님께서 직접 교수님을 초청한 날이었다. 3월부터 육아휴직에 들어가는 선배 선생님도 교수님의 독서교육 강의는 꼭 들으러 출근하겠다고 한 귀한 강의였다. 3일의 일정을 /일로 줄였고 2월 24일은 전 교직원이 출근했다. 먼저 /2명의 부장이 교장실에 모였다. 모두 마스크를 쓰고 있는 모습이 긴장감을 더했다. 부장 인사 발령 통지서를 전체 회의 장소가 아닌 교장실에서 받기는 처음이었다.

<코로나 여름, 첫 등교, 학년 부장 지원한 것을 후회하다!> 시작 문단
여름이 시작되는 6월 교감 선생님께서 교실로 오셨다. 깜짝이야!
교감 선생님께서 교실에 직접 올라오셨다는 것은 본부에 큰일이 생겼다는 뜻이다.

동 학년 교사들을 호출했다. 수석교사도 동참했다. 원격 수업 개선을 위한 동 학년 회의가 진행되었다. 4월 16일부터 원격 수업을 시작한 지 한 달 반이 지났다. 우리 학년은 가장 늦게 등교수업을 시작했다. 우리 학년은 고학년이라 꾸러미를 배부하지 않았다. 원격 수업의 취지가 비접촉을 위한 일이라고 생각했기에.

두 번째 달에는 나 자신에 관한 이야기를 조금씩 풀어내기 시작했다. '사랑' 주제에 대해서 남편과 만나 결혼한 이야기를 적었다. 스물다섯 살에 결혼하겠다고 나섰으니, 엄마와 아빠는 내가 임신한 줄 알았다. 엄마는 나를 믿어주지 않았다. 아빠의 허락을 받고 결혼식을 준비했다. 스물다섯 살 겨울을 떠올리며 '닥치고 글쓰기'를 하다 보니 결혼 반대한 엄마의 마음이 느껴졌다. 안경에 눈물이 떨어졌다. 실컷 울고 나니 속이 시원했다. 우겨서 결혼했던 시절을 아무에게도 말해본 적 없었다. 글쓰기 실력이 서툴렀기에 결혼 이야기를 구체적으로 쓰지는 못했지만, 글을 쓰기 위해 과거를 떠올려 본 것은 처음이었다.

'생각지도 않았던 이별' 주제에 맞는 글을 쓰다 보니 실종되었다가 시신으로 발견된 할아버지 이야기도 담을 수 있었다.

키도 크시고 정정하신 할아버지께서 여러 사정은 잘 모르지만 2008년 어느 날 겨울이 오는 시점에, 할머니 산소를 가봐야겠다고 할머니를 만나러 나가셨다가 돌아오지 않으셨습니다.

평생 타고 다닌 자전거는 주인 없이 발견되었고 할아버지는 실종인 채로 약 4개월이 흘러갔습니다. 친정 부모님과 삼촌 등은 매번 찾고 수색했으나 예상되는 길을 수색 인원을 최대한으로 모아서 수색해도 할아버지는 발견되지 않았습니다.

할아버지께서는 아마도 4·19혁명이 일어난 그 시기에 책임을 져야 하는 위치였을 거란 짐작만 해봅니다. 재산 한 푼 없었으며 꼿꼿하시고 청렴하셔서 대나무 죽, 봉우리 봉. '죽봉'이란 호를 쓰셨던 할아버지였기에 할아버지를 누구보다도 존경하고 사랑합니다.

닥치고 글쓰기 과정 두 달 동안 60개의 질문을 받았고 주제 목록은 보관하고 있다. 글을 쓰기 시작하면서 불평 대신 이해하는 눈으로 오늘을 바라보게 되었다. 60일간 주제 글을 써본 결과, 나와 학교에 관해 쓰지 않을 이유도 없었다. 나의 삶과 학교 이야기 등 나의 일상을 블로그에 쓰기 시작하면서 이웃도 많이 늘었다.

달라졌다. 일상을 관찰하는 관찰력이 높아졌다. 작은 내용까지 메모하는 습관이 생겼다. 평소 감정대로 행동할 수 있는 일을 너그럽게 넘겼고 차분해졌다. 지나온 과거를 추억하는 일이 많아졌고 나의 이야기를 쓰는 것에 대한 두려움이 조금 사라졌다. 무엇보다도 함께 한 작가들의 글을 읽으면서 주제는 같지만, 작가가 어떻게 글쓰기 방향을 잡느냐에 따라 글 내용은 전혀 달라질 수 있음을 배웠다.

아침에 받은, 글쓰기 주제에 대해 틈틈이 생각해 보는 과정도 처음 경험했다. 그날 반드시 써야만 했다. 주제에 대해 한글파일을 열어 워드를 쳐 나가다 보니 새로운 문장이 떠올랐다. 감탄했다.

"매일 쓰는 작가가 진짜 작가, 작가란 출간한 사람이 아니라 매일 글을 쓰는 사람이다. 한 권 출간한 후 글 쓰지 않는 사람이 작가라고 소개하는 것을 싫어한다. 나는 작가가 될 것이다. 될 때까지 쓸 거니까."

황 작가 강의 내용을 통해 나도 당당하게 작가라고 밝혀도 되겠다고 생각했다.

60일 쓴 것으로 글쓰기에 대해 말할 자격은 아직 없다. 글쓰기는 어렵지 않으며 내 삶을 표현하는 도구라고 생각했다. 매일 글 쓰려면 우선순위가 중요하다. 글을 쓸 수밖에 없는 환경에 나를 넣어야 한다. '닥치고 글쓰기'는 추천할 만한 환경이다.

모임에 참여하지 않고 혼자 글을 쓰고 싶은 사람이 글쓰기 주제를 받아볼 수 있는 곳이 있다. 네이버 '블로그 씨'의 질문이다. 블로그 윗부분에 'From. 블로그 씨'는 오늘도 글쓰기 주제를 안내해 준다.

코로나 첫해 '닥치고 글쓰기' 과정을 만났다. 함께 하는 분들이 '백

작가'라고 불러주었다. 교사도 매일 글 쓰는 작가가 될 수 있었다. 오늘도 학교 현장에서 겪은 경험을 글로 표현할 수 있다. 매일 써본 경험 덕분이다.

3

.

책 쓰기 강의를 듣다

이은대 작가가 누구인지 몰랐다. 김진수 작가는 《교사가 성장하면 수업도 성장한다》 100쪽에 교사 성장의 멘토 열 명 중 한 사람으로 이은대 작가를 소개했다.

2020년 10월 23일 책 쓰기 무료 특강을 들으면서 이은대 작가가 어떤 사람인지 호기심이 생겼다. 블로그에 무료 특강 내용을 메모했다. 손 글씨 대신 블로그에 메모하는 것이 내용을 오래 보관할 수 있을 것 같았다. '글장이' 닉네임으로 댓글이 달렸다.

"김진수 작가님 소개로 참여하셨군요. 글 쓰는 삶을 응원합니다."

"작가님 책에서 작가님을 먼저 뵙고 다시 인사드릴게요."

2020년 12월부터 책 쓰기 수업을 듣기 시작했다. 매주 수요일과 목요일에는 밤 9시에, 토요일에는 아침 7시에 줌에 접속한다. 출간한 작가들의 초대 특강 일정이 생기면 강의를 듣는다. 출간 작가의 강의는 '에세이'에 대해 관심을 가지게 해주었다. 초대 특강은 함께 배우는 작가들과 친해지는 계기도 되었다. 신규로 수업 등록 후에는 모든 강의가 무료다.

세 자매를 키우는 내가 목돈을 들여 책 쓰기 강의를 신청한다는 것은 부담이다. 다시 생각하면 내가 세 자매를 키우고 있으므로 나는 더 잘 돼야 한다고 생각했다. 김진수 작가의 적극적인 권유가 없었다면 지금도 책 쓰기 공부할까 말까 망설이고 있을 것 같다.

셋째 좀 키우고 나면 교육대학원에 입학할 생각이었다. 교대 교육대학원 등록금이 아무리 저렴하다 하더라도 5학기 동안 공부하려면 최소 천만 원은 더 든다. 대학원 등록 대신 책 쓰기 공부하겠다는 나에게, 남편은 수강료 결제하라고 했다. 6개월 카드 할부로 수강료를 냈다. 남편을 설득하기 위한 멘트는 그때뿐, 책 쓰기 강의 신청한 지 1년 만에 대학원에 입학원서를 냈다.

수강료에 노트북까지 장만했다. 투자했으니, 성과를 내야 한다. 공무원인 내가 추가 소득을 만들 방법, 출간이다. 인세 받고 싶다. 정규과정 수업 듣는 나만의 원칙을 정했다. '2시간씩 100회 연속으로 수업 듣기, 카드 할부가 끝나기 전에 책 쓰기'

강의를 반복해서 들을수록 돈이 우선순위는 아니라는 것을 알게 되었다. 작가는 오직 독자를 돕는 마음으로, 내 경험을 가지고 책을 써야 한다. 6개월 이후 카드값은 다 갚았지만, 꾸준히 들은 내용 덕분에 지금까지 4년째 강의를 듣고 있다. 한 번씩 이은대 작가는 수강생에게 말한다.

"책을 냈는데도 달라진 게 없다며 하소연하는 작가님들이 있습니다. 본인이 출간한 책이 있는데 얼마나 더 달라져야 합니까?"

나도 힘이 빠지는 순간 오면 어쩌나 싶어 공백 없이 매달 재수강을 신청한다. 강의 듣는 시간 덕분에 '작가' 호칭 자연스럽다.

토요일 오전 6시 40분. 이은대 작가는 책 쓰기 온라인 81기 채팅방에 줌 수업 링크를 보냈다. 커피 한 잔 준비해서 줌에 접속했다.

"사건을 경험한 그 시점으로 돌아가면 상처를 치료할 수 있다는 내용에 대해 작가는 어떻게 해석해야 할까요?"

정신분석학자 프로이트 이야기로 수업이 시작되었고 퇴고 이야기로 이어졌다.

"퇴고하기가 분명히 어렵고 힘듭니다. 그런데 퇴고가 힘들다는 사실보다 퇴고를 더 힘들게 만드는 요건이 있습니다. 작가님들이 '힘들다'라고 말하는 것입니다."

"퇴고를 잘할 수 있다고 말하는 거예요. 확언을 일상생활에 적용하는 거지요."

살면서 '힘들다'라는 말은 내뱉지 않겠다 마음먹는다. 책 쓰기 수업인데 인생 수업이라고 말하는 이유다. 재수강이 거듭될수록 강사에 대한 신뢰가 쌓였다.

'작가 엄마'가 되었다. 세 딸에게도 책 쓰기 수업을 듣게 해주고 싶다. 한 번씩 내 옆에서 강의 소리 듣던 희진이는 작가가 되겠다며 글을 썼다.

"자이언트 등록해 줄까?"

"아니, 나는 엄마처럼 시간을 낼 수 없어."

희진이는 이렇게 말하고 친구 만나러 나갔다. 귀 피어싱 두 개를 더 뚫고 온 희수는 내방 화장대 거울로 귀를 살피고 있었다. 나는 줌 수업에 참여하여 책 쓰기 강의를 듣고 있었다.

"엄마, 작가님 재밌게 가르치네."

"자이언트 등록해 줄까?"

셋째 희윤이는 이승한 작가가 초코송이라고 불어준 이후로 자주 줌 화면에 얼굴을 들이댄다.

"초코송이 왔어요."

책 쓰기 수업을 듣기 시작했을 때 이은대 작가는 줌 수업 중에 아이들이 편안하게 행동하도록 놔두라고 했다. 이 말 덕분에 엄마로서 마음 편히 강의 듣는다.

다둥이 직장맘으로 바쁘지만 성장하기 위해 공부한다. 선생님이나 엄마가 아닌, 줌에서는 내 이름 그대로 불린다. 공부하는 엄마는 매력적이다. 매주 듣는 이은대 작가 강의를 통해 현재의 내 삶이 행복하며, 과거의 내 아픔은 다른 사람을 돕는 재료가 됨을 깨달았다.

여자, 매력적인 엄마 되는 법

일하는 도중 학부모로부터 학생 관련 민원이 들어왔다. 학년 부장인 나를 만나러 온다는 것이다. 마음이 편치 않았던 상황에서도 작가였기 때문에 상황에 대해 객관적으로 관찰하는 마음으로 임했다. 책 쓰기 수업에서 배우지 않았다면 업무상 어려운 일에 대해 화병에 걸렸을 것 같다. 쓰는 사람이라 다행이다. 어떤 내용이든 나는 쓸 수 있는 작가이며 있었던 일에 대해 배울 점을 찾는 문장을 쓸 수 있게 되었다.

'삶' 쓰는 강의 덕분이다.

4
·

엄마를 보며
크는 아이들

둘째 초6 희진이랑 아파트 1층에서 마주쳤다. "어디가?", "친구랑 코상(코아상가)가서 놀고 올게."

첫째 고1 희수도 일요일 오후, 친구들과 영화 보러 간다고 했다. 일곱 살 막내를 제외한 딸들이 각자의 친구들과 어울린다. 낮에 놀고 나서 저녁에는 과제도 챙기고 책도 읽는다. 내일 학교 갈 준비도 한다.

둘째의 알림장을 잘 읽어보지 않는다. 6학년인데 알아서 챙기겠거니 싶어 알림장 확인하는 엄마의 역할 하나는 내려놓았다. 가끔 아침에 준비물 급하게 사야 한다고 말하지만, 이것 역시 스스로 챙긴 결과다.

며칠 전 둘째는 자기 방의 책상 위치와 플라스틱 서랍장 위치를 맞바꾸었다. 특히 책장은 철제로 되어 있어 무거운 편인데 저체중 희진이가 어떻게 힘을 썼는지 놀랍다. 책장은 방문 쪽으로 깔끔하게 정리되어 있었다. 책장도 책의 크기와 종류별로 가지런히 꽂혀 있다.

여자, 매력적인 엄마 되는 법

책 정리하면서 학습만화를 꺼내 재독, 삼독한다. 《설민석의 한국사 대모험》 시리즈는 출간되었다 하면 최대한 빨리 주문해달라고 한다. 희진이는 책장 정리하다가 책을 보는 일이 많다.

"엄마, 책상 정리 좀 해. 책상에도 바닥에도 왜 이렇게 책이 쌓여 있어? 책장도 뒤죽박죽이야. 크기대로 꽂아야지."

"엄마 글 쓰잖아. 원고 마무리하고 정리할 거야."

"엄마는 예전에도 똑같이 그렇게 말했어."

안방 화장실 쓰려고 엄마 방에 자주 들어오는 희진이가 나에게 잔소리를 늘어놓는다.

"희진아, 엄마 방에 온 김에 《내복 토끼》 읽어봐. 방금 택배 온 거야. 내복 그림이 맨 마지막에 달라진다. 이유도 찾아보고."

희진이는 발 디딜 틈 없는 엄마 방에서는 편히 읽기 힘든지 자기 방으로 책을 가져갔다.

가로 800, 세로 600밀리미터짜리 책상 2개를 마주 보게 붙였다. 옆에는 가로 1,300, 세로 400밀리미터짜리 긴 책상을 붙여두었다. 네모반듯한 내 책상 위에 물건들이 쌓이고 있다. 교실에 두었다가 강의 때문에 집에 가져온 그림책도 제 자리를 잡지 못하고 방바닥에 있다. 내가 의자에서 일어나다가 그림책에 발이 걸릴 뻔했다. 내 방의 책상 상태 때문인지는 몰라도 희진이는 정리 정돈을 나보다 더 공을 들인다. 깔끔한 책장에서 원하는 책 한 권 조심스럽게 뽑아 드는 희진이는 '엄마를 보며 크는' 딸이다. 엄마보다 깔끔하게 정돈한다. 특히, 문구 정리는 '수납 정리' 책에 나오는 사진처럼 깔끔하다.

　희수는 엄마의 일을 잘 도와준다. 희수가 2학년 때다. 내가 '교실 수업 개선 학습지도 연구대회(수업 대회)'에 참여하기 위해 집에서도 화이트보드 설치한 후 수업 시나리오를 보고 연습했었다. 4학년 대상 수업을 준비하고 있었다. 혼자 수업 진행 연습하려니 쉽지 않았다.

　"희수가 학생 역할 좀 해줘."

　2학년을 앉혀놓고 4학년 국어 수업을 진행했다. 국어《울보 바보 이야기》교과서 수록 부분을 읽고 '사건의 흐름을 파악하는 방법'을 아는 수업이었다. 희수가 4학년처럼 활동해 줄 수 있을까 염려했으나 40분간 수업을 희수가 잘 맞춰주었다. 수업 연습이 끝난 후 희수는 엄마가 수업용으로 사용했던 그림책을 두 번 반복해서 읽었고 책장의 다른 책도 꺼내어 읽었다. 선생님 놀이였을 터다. 어떤 책을 읽더라도 엄마와 모의 수업했던 '사건의 흐름 파악하기'는 그림책 많이 읽었던 희수에게 익숙한 내용일 것이다.

　수업 대회 당일 아침에 나는 냉장고 문에서 희수가 붙여둔 응원 쪽지를 발견했다.

　'엄마 냉장고 꼭 봐! 엄마한테 줄 머핀 있음. 엄마 1등 해. 희수 올림'

　엄마의 도전을 보며 희수는 응원할 줄 안다. 희수 덕분에 1등 했다.

　〈2022 김해시 올해의 책 9월 이벤트〉에 응모했다. 30명 추첨하여 만월 빵도 준다. 세 권 중에 한 권은 읽지 못했다. 《알로하, 나의 엄마들》에 중요한 소재로 등장하는 '꽃목걸이'를 의미하는 단어는 무엇인지 희수에게 물었다. 희수가 '레이'라고 알려주었다. 인스타그램 댓글로 응모했고 만월 빵 당첨되었다. 쿠폰에 돈을 보태어 희수가 좋아하는 생크림 케이크를 사서 먹었다. 엄마의 크고 작은 도전을 보며 희수도 커간다.

일곱 살 희윤이에게 하루 한 권 그림책을 읽어주고 있다. 한 권 읽어주는 짧은 시간 덕분에 나는 그림책에 관한 공부도 놓치지 않고 있다. 그림책 큐레이터 과정을 공부하게 된 계기도 희윤이의 독서 육아 때문이다.

그림책 강의 의뢰가 들어왔다. 특수학교 교사 대상이다. 그림책 독후활동 사례를 나누어야 할 것 같은데 특수학교 학생들이 어떤 상황인지 알 수 없었다. 일곱 살 희윤이에게 엄마 강의 준비하는 일을 도와달라고 했다. 무슨 일을 도와주어야 하는지 관심을 가진다. 그림책을 읽고 활동해달라고 했다.

희윤이에게 《비 오니까 참 좋다》를 읽어주었다. 희윤이는 스크래치 페이퍼에 비 오는 장면을 그렸다. 우리 반 5학년이 그린 그림보다는 유아가 그린 그림이 예시로 보여주기 나을 것 같았다. 《거미 아난시》를 읽어준 후, 여섯 명의 아들 중에 어느 아들이 아버지를 구하는 데 도움을 주었는지 물었다. 희윤이는 자기 생각과 이유를 곧잘 말했다. 음성 녹음하여 강의 자료에 포함했다.

내 옆에는 항상 어린이들을 위한 그림책과 동화책이 쌓여 있다. 책으로 수업하고 책을 활용하여 딸들을 키웠다. 독서교육과 독서 육아 덕분에, 어린이책 전문가가 되기 위해, 그림책 큐레이터 과정과 독서 지도사 과정도 공부했다. 내가 공부하는 모습을 딸들은 지켜본다. 나의 일에 집중하면 된다. 세 자매의 공부는 본인들의 몫이다. 엄마의 공부 모습을 보며 아이들도 자란다.

여자, 매력적인 엄마 되는 법

5

.

다시 학생이 되다

'아동문학교육 전공에 2022학번으로 입학했다.' 개인 저서 첫 책 작가소개에 문장 한 줄 추가했다. 대학원 중도 포기 방지용이다. 2022년 설날 연휴에 노트북을 열어 방송통신대학원 문예창작과를 알아보고 있었다. 이미 모집이 끝났다. 등록금을 보니 생각보다 금액이 컸다. 조금 더 돈을 보태어 교육대학교 교육대학원에 가는 게 좋겠다고, 내년엔 원서를 넣어야겠다고 생각했다. 항상 내년이었다.

설날 연휴 '대구교대 교육대학원 2차 추가 모집' 요강을 읽었다. 아동문학교육 전공도 2차 추가 모집한다. 고민되었다. 남편한테 책 쓰기 수업 신청할 때 대학원 대신이라고 말했었기 때문이다. 남편은 대학원 입학해서 공부하라고 허락했다. 대학원 계절제가 시작된다면 남편은 막내의 방학에 맞추어 여름휴가를 확보해야 한다.

2차 추가 모집 공문을 보자마자 대구교대에 가고 싶다고 생각한 세 가지 이유가 있었다. 첫째, 학부 시절 대구교대에 가고 싶었으나 그렇게 하지 못했다. 대학원이라도 가보고 싶었다. 아동문학교육 계절제 개설된 대학원 중에 가까운 곳이 대구교대였다. 둘째, 경북에서 태어난 나는 부산보다 대구가 가깝게 느껴진다. 그러나 대구교대 대학원은 학기 중에 다닐 수 없다. 방학 때 기숙사에 들어가 계절제 수업에 참여해야 한다. 셋째, 교육과정을 살폈다. 시, 동화, 동요, 교육연극, 그림책, 역사 동화, 옛이야기 등 현장에서 활용할 수 있는 내용이었다.

인터넷으로 원서접수를 했다. 서류는 우편으로 발송해야 한다. 대학교 졸업증명서와 성적증명서가 필요하다. 정부24에서 팩스 민원을 신청했다. 거의 20년 만에 성적을 확인했다. '상대평가'이긴 했지만, 성적이 좋지 않았다. 2차 추가 모집까지 하는 마당에 학부 성적으로 떨어뜨릴 것 같지는 않았다.

면접일이 정해졌다. 학기 중이라 평일에 면접을 보면 나는 어떻게 대구에 가야 하나 걱정되었다. 대학원 행정실에 전화해 보니 코로나로 인해 줌으로 면접을 본다고 했다. 다행이었다.

면접을 위해 나는 무엇을 준비해야 하나 고민되었다. 네 가지를 준비했다. 《아홉 살 꼬마 작가는 처음이라》 우리 반 학급 시집, 《초등문학교육론》 도서, 연구 실적 증빙 상장, 《푸른 사자 와니니》 동화책 한 권이다.

먼저 학급 시집을 준비했다. 아동문학교육에서는 동시 창작도 교육과정에 있었다. 학교 현장에서 동시 쓰기를 가르치고 있고 책으로도 만들어 본 실적을 화면에 보여드리고자 계획했다. 여전히 배우고 연구해야 하므로 대학원에 진학하고 싶다는 의지도 보여드리면 어떨까 생각해 보았다. 함께 공저를 썼던 박순희 선생님이 보내준 책 한 권도 준비했다. 박이정 출판사에서 나온 《초등문학교육론》이다. 공동 저자의 프로필을 보니 대구교대 아동문학 진선희 교수도 있었다. 아동문학 관련 도서를 한 권 소장하고 있다는 점은 내가 평소에 관심 가지고 공부 중이라는 사실을 보여줄 수 있을 것 같았다.

원서 제출할 때 연구 실적을 입력한 적 있다. 국어과 수업 1등급 상장을 준비했다. 《푸른 사자 와니니》는 왜 대구교대를 선택했냐고 질문한다면 답변할 때 필요한 책이다. 《푸른 사자 와니니》 저자와의 만남 기회가 있었다. 함께 이현 작가를 만나러 왔던 선생님 중에 대구교대 교육대학원 아동문학교육 석사 과정을 공부하고 있다고 말한 사람이 있었다. 그 선생님이 이현 작가에게 질문을 하는 과정에서 나는 대구교대 대학원에 아동문학 전공이 있다는 사실도 알게 되었다.

◆ 대구교대 교육대학원 아동문학교육 전공 입학 면접고사 안내
　-일시: 2.10(목), 17시 30분
　-진행 방식: ZOOM
　-면접 순서 : 백란현(1명당 10분 내외)

면접 안내 문자를 받고 합격을 확신했다. 혼자 지원했다.

교수 두 명이 줌에 접속했다. 면접 교수는 나에게 세 가지 질문을 했다. 진주교대에도 있는데 대구교대에 지원한 까닭, 많은 전공 중에 아동문학교육에 지원한 까닭, 커리큘럼 확인했는가. 첫 번째 질문에 답하기 어려웠다. 두 번째 질문은 배워서 나누기 위해 지원했다고 간략하게 답변했다. 커리큘럼은 확인했다고 대답했다.

나의 대답이 끝나자마자 대학원 수강 신청에 대해 안내해 주었다. 아동문학교육이라고 해서 동화책, 그림책만 배우는 것은 아니며 원치 않는 과목도 들을 수 있다고, 안내했다. 대학원 공부는 학생들이 연구해서 발표하는 수업이 많다고 강조하였다. 우리 반 시집 표지와 초등문학교육론 표지를 보여주었다. 나의 공부 열정이 전달되었다며 교수는 웃었다. 신입생 중에서 내 나이가 중간 나이라고 했다. 수강 신청하거나 학생들끼리 의논할 일 있을 때 나에게 중간 역할을 잘해달라고 부탁했다. 합격 확실하다. 그리고 나보다 나이 많은 지원자가 있다는 말에 안심했다.

면접 과정에서 계절제지만 학기 중에 줌으로 사전 공부를 진행할 수 있다고 들었으나, 학기 중엔 아무런 연락이 없었다. 강의계획서 확인하라는 말에 접속하니 리포트가 두 개 있었다. 제출 기간은 지난 것 같았다. 대구교대 도서관까지 리포트용 책을 빌리러 갈 수 없었다. 알라딘 서점에 벽돌 책을 주문했다. 한문을 찾아 공부하느라 사용하고 있던 다초점 렌즈가 흐려졌다.

계절제 개강이 3주 앞으로 다가왔다. 대학원에서는 아무런 문자가 없었다. 전달 사항이 없나보다 생각했다. 기숙사 신청 안내가 있을까 싶어 홈페이지에 접속했다. 대학원 생활 안내가 한 달 전에 공지되었다.

'학생증 발급'이라는 문구가 눈에 들어왔다. 발급까지 3주 걸린다고 했다. 대구은행에 가야 했다. 코로나로 인해 김해지점에서도 신청할 수 있었다. 학생증이 있어야 건물 출입이 가능하다는 안내 때문에 마음이 급해졌다. 조퇴해서 대구은행 김해지점에 갔다. 운전도 처음, 방문도 처음이었다. 증명사진 찍을 겨를도 없어서 크기가 조금 큰 여권 사진을 가져갔다. 계좌를 개설하고 학생증 겸 체크카드 발급신청을 했다.

대학원 개강 날짜가 잡혔다. 우리 학교는 방학도 하지 않았는데. 이틀간 연가를 썼다. 우리 반 방학식은 영어 전담 교사가 맡아주기로 했다. 방학식 하는 날 배부할 성적표와 방학 계획서를 미리 인쇄해두었고 이틀간 수업 내용도 계획하고 자료도 만들었다.

7월 25일 개강에 맞추어 하루 전날 기숙사에 들어갔다. 기숙사에 들어가는 데 필요한 서류 신속항원검사와 폐결핵 엑스레이 검사결과서도 챙겼다.

개강 날 미리 신청한 학생증을 받으러 갔다. 건물 출입이 안 된다고 해서 학생증을 발급받았는데 야간 시간 도서관 출입 이야기였나 싶다.

어쨌든 난 학생증 있는 사람이다. 승진을 위해서도 아니었다. 공부 기간만큼은 학생 역할만 하면 되니 그것만으로도 휴가를 얻는 것 같다.

대학원에서 동기 선생님들을 만나보니 나보다 나이 있는 인생 선배도 있었다. 이 나이에 무슨 대학원이고 생각했던 적 있다. 혹시라도 대학, 대학원 진학을 생각하는 엄마들이 있다면 지금 하라고 권하고 싶다.

6
·
대학원 계절제

2인실. 나 혼자 산다. 코로나로 인해 한 명씩 배정되었다. 방학 기간에는 식당을 운영하지 않는다. 기숙사 앞에 있는 GS25 편의점에 갔다. 주인이 없었다. 문을 어떻게 여는지 모르겠다. 카드를 인식하라고 한다. 편의점 출입용 카드가 따로 있었던가. 편의점 회원이 아니라서 못 들어가나 보다 했다. 처음부터 안내문을 눈여겨봐야 하는데. 회원 카드가 아니라 신용카드를 넣으면 문이 열린다.

15일 동안 혼자 지낸 적 있었을까. 밥과 청소 안 해도 된다. 혼자만의 공간에서 편의점 음식 먹으면서 영화라도 한 편 볼 수 있을 줄 알았다. 7월 25일 월요일 오전과 오후 각각 세 시간씩 강의 들었다. 이튿날 오전에는 함께 듣는 동기들의 학교 출근으로 인하여 휴강이다. 오후 세 시간만 강의 듣고 나니 대구 온 기념으로 어딘가 나들이 가고 싶었다.

계명대 대명 캠퍼스가 드라마 촬영지라는 소문을 듣고 지하철 타러 갔다. 걸어가도 되는 거리였지만 한여름 날씨로는 무리였다. 1호선 한 정거장 명덕역까지 간 후 3호선 한 정거장 남산역에서 내리면 끝. 명덕역에서 환승하면 되는데 3호선 가는 길이라고 쓰여 있는 글자를 읽었음에도 길을 못 찾았다. 명덕역 밖으로 빠져나가는 바람에 교통카드만 두 번 더 찍었다. 아이 셋 데리고 지하철 환승 길을 못 찾았다면 문제가 되었을 것 같다. 혼자라서 다행이다. 길치라고 흉볼 사람도 없다.

남산역에 내려서 네이버 길 찾기를 열었다. '계명대 대명 캠퍼스' 도보 길 조회를 했다. 신호등 두 번 건너고 나니 계명대였다. 대학 안에 어느 위치인지 쉽게 찾기 위해서 유튜브에 '왜 오수재인가' 촬영지 검색했다.

가을 나뭇잎 떨어지는 분위기에서 찍은 드라마였는데 한여름에 같은 장소에 서 보니 분위기가 달랐다. 대학 건물 외벽에 담쟁이넝쿨이 드라마 속에서 본 것보다 생기가 있어 보였다. 대구교대 수업 이튿날 오후 계명대 들르길 잘했다 싶었다. 셋째 날부터 오전, 오후 강의에서 과제가 쏟아졌다.

600쪽 가까이 되는 《한국 현대 아동문학 비평론 연구》를 여섯 명이 분량을 나누어 발표 준비해야 했다.

"개강할 때 내라고 했는데 과제를 한 명도 안 냈습니다. 이른 시일 안에 이메일로 제출하세요."

여자, 매력적인 엄마 되는 법

첫 수업을 마치자마자 동기들 카톡방에 나의 과제 파일을 공유했다. 《한국 아동문학 비평사 자료집》의 한자음을 찾아 한글파일에 베껴 써둔 자료이다. 퇴근 후 2주 동안 저녁마다 쉬지 않고 한자를 찾았었다. 다섯 명의 동기는 교수가 안내한 과제 책 대신 내가 보내준 파일만 가지고 리포트를 작성할 거라고 말했다. 과제에는 안데르센, 방정환 등의 동화 이야기가 가득했다. 아동문학에서의 역사 공부이다.

오후 수업은 '교육연극'이었다. 오전수업과 달리 두 팀으로 나누어졌다. 스물여섯 살 동기 두 명과 나, 석사논문 대체 과정을 듣는 16학번 선배 네 명이 세 시간 동안 강의를 들었다. 석사논문 세 편을 요약 발표하는 일정도 생겼다. 그림책과 교육연극을 접목한 수업 모형도 작성 발표해야 한다. 주말에는 '죽었니? 살았니?' 유튜브 어린이 연극 여섯 편 내용도 요약하고 생각도 메모하면서 토론 준비해야 했다.

15일간 하루 여섯 시간씩 수업만 빠지지 않고 들으면 무사히 1학기 끝난다. 길게 느껴졌다. 하루 여섯 시간 앉아 있으려니 허리 아팠다. 기숙사 형광등은 왜 이리 어두운지 따로 LED 스탠드가 필요해서 주문했다. 노트북 거치대도 결제했다. 노트북이나 두꺼운 책을 올렸다.

오늘 오전 수업 중 발표, 내일 오후 수업 발표처럼 일정이 연속으로 생기기도 했고 하루 수업에서 오전과 오후 모두 발표자가 되는 날도 있었다. 한글파일에 워드 치며 요약본을 만드느라 새벽 3시에 잠들었다. 다른 사람 발표 분량도 모두 읽고 요약본도 제출해야 했다.

"란현샘. 하루씩 살아가면서 현타 오지 않아요? 왜 이러고 있나. 남들은 휴가 갔을 텐데."

기숙사 1층에 배정받은 동기가 물어봤다. 나도 빡세다고 느끼고 있었다. 그러나 계절제 공부가 불가능해 보이는 현실 속에서 입학원서부터 넣었다. 고민하다가 도전조차 하지 못할까 봐. 추가 모집 공문이 눈에 띈 게 반가웠다.

나이 들어가면서 석사학위 받은 후배들을 부러워했다. 육아와 직장 일이 매일 이어지는데 공부까지는 엄두도 나지 않았다.

아동문학교육 전공 석사학위가 있다면, 동화책에 관하여 대화를 나눌 때도 내 이야기에 귀 기울여줄 것 같았다. 동화 작가는 어떨까? 교보문고에 여러 줄 진열된 《긴긴밤》을 보면서 동화 작가의 길도 상상해 보았다.

동기들이 나에게 대학원 공부 힘들다고 말하는 것은 달리 공유할 만한 대화거리가 없어서 그런 것 같았다. 내 앞에서는 발표 준비 못했다고 하더니, 각자 발표하는 날에는 이전 발표자보다 피피티 디자인도 멋있어졌다.

내가 맡은 '동화 비평' 발표일이 다가오고 있었다. 문장을 열 번 읽어도 이해되지 않았다. 발표해야 하는 분량을 토요일 기숙사 안에서 종일 반복해서 읽었다. 아동문학가로 출연하는 인물이 많아서 일일이 이름을 써가면서 읽고 또 읽었다. 같은 사람인데 이름 여러 개 사용하는 예도 있어서 《한국 아동문학 비평사를 위하여》를 사전처럼 사용했다. 시간이 촉박했다. 한글파일 표를 활용하였다. 사람 중심으로 PPT 없이 한글파일을 띄워 발표하기로 마음먹었다.

15일째 되는 마지막 날. 교육연극 수업 모형 발표하느라 평소 시간보다 한 시간 늦은 5시쯤 마지막 수업을 마쳤다. 교육연극 교수는 '동학농민운동' 수업 모형 아이디어 좋았다고 나에게 말했다. 실제 교실에서 수업해 본 후 결과도 메일로 전달해달라고 했다. 그건 학교 현장 상황 봐가며 답을 해야 할 것 같아서 대답하지 못했다.

저녁 8시로 예매한 KTX를 취소하고 6시로 바꾸었다. 기숙사에 들어가 재활용 쓰레기를 1층 수거함에 버렸다. 캐리어에 옷과 남은 햇반, 화장품, 수건 등 모든 물건을 쓸어 담았다. 2주가 넘는 시간 동안 한 번도 치우지 않았던 방바닥 내 머리카락도 물티슈로 닦아냈다. 택시 타고 동대구역으로 향했다. 코로나 염려 속에서도 아프지 않고 개근해서 기뻤다. 연가 사용해서 첫 수업 들어왔고 마지막 수업까지. 출석률만 따지면 내가 1등이다.

엊그제 입학한 것 같은데 벌써 4학기를 마쳤다. 학과 사무실에서는 4학기 마무리하면서 학위 청구 논문 작성계획서를 내라고 했다. 계절제로 잘 수강한 덕분이다. 내가 석사과정 마무리하면 내 딸이 등록금 가져갈 나이가 된다. 지금 아니면 다시는 기회가 없다고 생각하면서 공부 시간을 즐기고 있다. 공부하는 엄마들 모두, 아이 때문에 포기하지 말고 아이를 위해 공부하길 바라면서.

한 문장 쓰면 부르고 두 문장 쓰면 또 부른다. "엄마, 엄마"
이곳이 기숙사면 좋겠다.

7
.

독서 모임 1
오후의 발견과 나비

꾸준히 읽고 싶었다. 독서 모임을 찾아보았다. 모임 안에 소속되어야 독서를 우선순위로 여길 것 같았다. 두 곳의 모임에 참여하기로 했다. '오후의 발견'과 '나비'다.

'오후의 발견' 모임 2년간 참석했다. 그동안 소속된 연구회가 없었다. 블로그를 통해 알게 된 이희정 선생님 덕분에 멤버가 되었다. 공저 함께하자는 제안을 받았다. 선생님들과 읽고 쓰는 모임이 만들어졌다. 독서교육 전문적 학습공동체라는 이름으로 경상남도교육청 지원도 받았다. 2주에 한 번, 월 2회 줌 회의가 열렸다. 학교에서 있었던 업무, 학년 일에 관해 대화하는 기회도 생겼다. 사는 지역도 학교도 다르지만, 담임교사를 맡고 있고 학년, 학급 안에서 생활지도에 고민이 많았다. 내 얘기 구구절절 꺼내지 않더라도 회원 선생님 이야기만 들어도 내가 위로받는 것 같았다.

월 2회 모임에서 한 번은 교사로서 경험한 이야기, 나머지 한 번은 같은 책을 읽고 대화를 나누었다. 교사들끼리 독서 모임을 꿈꿨는데 이루어졌다. 실적 얻어야 하는 모임 아니었다. 서로의 대화 시간이 좋아서 모였다. 이런 모임 처음이었다. 우리는 서로 '마음의 동 학년'이라 불렀다.

일 년간 모임을 유지하고 원고를 쓴 덕분에 《교사의 일상과 성장 이야기》공저도 출간했다. 나에게는 첫 책이다. 읽고 쓰는 삶을 함께 하니 열매도 맺었다. 독서와 글쓰기 중심으로 학급 운영하는 나에게 '오후의 발견'은 도움 되었다. 담임 선생님이 책을 냈으니 학급 학생들에게도 본보기가 되었다.

공저 출간 이후에도 선생님들은 글 쓰는 삶을 이어 나갔다. 개인 저서, 공저 등 각자 속한 곳에서 책 계약 소식도 들린다. '오후의 발견' 덕분에 에세이 쓰는 작가로 출발했다. 2년 참여한 후 '오후의 발견' 줌 독서 모임에는 참여하지 못하고 있지만 카톡을 통해 서로의 근황을 나누고 있다. '오후의 발견' 선생님들이 작가로서도 성장하길 응원한다.

전통 있는 독서 모임 회원이 되고 싶었다. 교사들끼리 모이는 모임이 있었으니 다양한 직업군 회원들과 만나고 싶었다. 막내가 두 돌 지났을 때, 창원 나비 모임 밴드에 가입했다. 2018년 12월 13일. 신입 회원 필독 공지 사항을 전달받았다. 《대한민국 독서 혁명》과 《본깨적 독서법》이 필독서이다. 한 권만 우선 읽었다.

나비 모임은 토요일 아침 7시에 시작한다. 버스를 타고 창원 갈 생각을 하니 밴드 가입 당시 참여코자 한 의지는 사라졌다. 따뜻한 봄이 되면 버스를 타고 가봐야겠다고 생각했다.

2019년 신학기가 시작되니 토요일 늦잠이 더 간절했다. 밴드에 가입했는지 기억나지 않을 만큼 봄은 금방 지나갔다. 가끔 올라오는 나비 모임 소식에서 읽고 싶은 책을 캡처해 두었다. 읽지는 않았다. 2021년 줌으로 모임을 한다고 해서 인사차 줌에 들어가기도 했고 발표자들의 책 소개 듣기 위해 한두 번 참여했다. 그러나 거기까지였다. 나비 모임 가기를 포기했다.

2023년 공저 함께 쓴, 이현주 작가가 천안 커피 나비 운영자라는 사실을 알았다. 다시 나비 모임에 가고 싶어졌다. 몇 달 후 부산에 나비가 있다는 것 알게 되었다. 아침 7시 모임이다. 가고 싶었다. 시스템 제대로 정착된 곳에서 독서 모임 운영도 간접적으로 배우고 다양한 직장에 있는 회원들과도 책을 통해 좋은 인연이 되고 싶었다. 결심했다. 한 달에 한 번은 가보자고. 나로부터 비롯된다는 말이 와닿는다. 나도 한 가지는 줄 수 있는 사람이어야 한다. 신입회원으로 당장 나눌 수 없다면 꾸준하게 참석하는 모습이라도 보여주고 싶다고 생각했다.

매달 우선 첫째 주 토요일 아침 7시만 참석하기로 했다. 갈 때는 김해 경전철까지 남편이 태워준다. 경전철로 부산 지하철 3호선까지 이동한다. 1호선 한 번 더 갈아탄다. 부산대역에서 내려 조금 더 걷는다. 시간 계산하고 아침 5시에 나왔는데 지하철 노선 헷갈렸다. 부산 대역으로 가야 하는데 부산역으로 가버렸다. 반대 방향이었다. 글자 하나 차이는 거리 차이를 불러왔다. 40분 지각했다. 그래도 계속 참여한다.

3년 전엔 포기했지만, 작가가 된 후 지금은 도전정신이 생겼다. 부산 7시까지 도착한다. 책 쓰기 강의를 듣는 태도 덕분에 토요일 아침을 일찍 시작하는 습관이 잡혔다. 이동하는 지하철 안에서도 읽고 쓰는 삶을 놓치지 않는다. '부산 큰솔 나비' 갈 때는 e북을 듣는다. 되돌아올 때는 블로그에 나비 모임 후기를 남긴다. 이동하는 순간만큼은 철저하게 자기 계발러이자 독자, 작가가 된다.

한 달에 한 번, 다섯 달 참여했다. 12월 송년 모임에도 참여하게 되었다. '부산 큰솔 나비' 운영진이 크리스마스를 연상케 하는 빨간색으로 모임 장소를 꾸며놓았다. 연간 다루었던 책도 플래카드에 적혀 있었다. 활동에 관한 시상도 하고 조별 게임도 진행했다. 모든 모임을 통틀어 송년 모임은 처음이었다. 책으로 만난 사람들과 대면 행사에 참여하게 되면서 알게 된 점 있다. 모임을 위해서는 봉사하는 사람이 필수라는 점이다.

여자, 매력적인 엄마 되는 법

공부하기 위해 토요일 오전에 참여한다. 책 모임이 목적이었으나 봉사하는 사람들 덕분에 '공부'의 범위가 넓어지는 것 같다. 책 속 지식과 모임 운영 요령은 기본일 테고 사람을 챙기는 연습도 하게 된다. 먼저 인사하기, 일찍 가서 간식 테이블에 놓기, 함께 커피 마시기 등 할 수 있는 부분에서 끈끈해지길 바라고 있다. 모임을 통해 함께 성장한다.

8

·

독서 모임 2
작가 서평단

작가 서평단, 서평 쓰는 독서 모임 '천무'가 시작되었다. 블로그 운영하는 입장에서 천무가 마음에 들었다. 월 2회 양질의 책을 읽고 서평을 쓰기 때문이다. 한 스승에게 배우는 작가들이 모여 소회의실에서 이야기 나눈다는 사실도 기대되었다. 매주 줌을 통해 얼굴을 마주하던 사람들이다. 출간과 초대 특강을 통해 친밀도가 높아진 작가들과 책 이야기 나눌 수 있다니 기다려졌다.

첫 책으로 《인생을 바라보는 안목》을 읽었다. 모임을 하기 전에 독서록 양식을 공유해 주어서 기억하고 싶은 문장도 골라놓았고 나의 어록도 미리 만들어 보았다. 방학 기간이라 책 읽고 메모할 시간도 충분했다. 열의와 능력을 갖추고 있어도 사고법에 따라 결과가 달라지므로 '플러스 사고법'으로 살아가라는 조언도 도움 되었다.

책만 읽어도 공부할 수 있다. 책을 끝까지 읽지 않던 사람이 완독하고 독서 노트를 쓴다. 노트에 쓴 내용을 줌 소모임에서 발표한다. 독서 노트로 블로그 서평 작성까지 마친다. 두 시간 안에.

운영 방식도 마음에 들었고 함께 공부하는 작가들과의 만남이라 빠지지 않고 참여할 줄 알았다. 책을 읽어내지 못했다. 2주라는 시간은 금방 지나갔다. 토요일 종일 붙들고 책 읽은 날에는 일요일 독서 모임에 들어갔다. 쉬어가자고 마음먹었더니 어느 순간 책은 더 읽지 못했고 독서 모임 회의 방에도 들어가지 않았다.

내 마음이 문제였다. 반드시 참여한다는 마음을 전제로 해야 어떤 독서 모임이든 우선순위에 두고 참여한다. 상황이 되면 참여하고 아니면 말자고 생각했더니 책도 읽지 않고 모임도 계속 빠지게 되었다.

5월과 6월에 선정한 책은 사들였으나 읽지 못했고 모임도 지나갔다. 《기버》는 7월 넷째 주 일요일 천무 선정 도서다. 한 번 읽었던 책이라서 반드시 참여하고 싶었다. 대구교대 대학원 기숙사 첫날 저녁 서평 쓰는 독서 모임 '천무'에 복귀했다.

이후로 내가 책을 잘 읽고 있을까? 다 읽은 척하고 앉아 있었는데 이은대 작가는 나에게 소감 발표시켰다. '완독'해 본 적 없다고 말했다. 그리고 소모임을 통해 인상 깊은 문장 듣고 밑줄 그어 내 서평에 활용한다고도 밝혔다.

100일간 33권 읽기 이후로 독서 습관이 잡혔다면 얼마나 좋았겠는

가. 그때 1권당 1,000원씩 캐시백 받으려고 무지 애쓴 기억이 지금도 남아 있다.

"얘들아, 선생님이 '서찰을 전하는 아이'같은 동화책 매일 읽어주는 첫 번째 이유가 뭔지 알아?"

"우리를 위해서요."

"땡! 선생님이 읽고 싶어서."

아이들 앞에 고백했다. 매일 아침 아이들이 내가 책 읽는 목소리 기다려 주니 그나마 매일 책 읽기를 하고 있다. 교실에서 동화책을 매일 읽어주는 정성만큼 나만의 독서 캐시백도 쌓이면 좋겠다. 우선 집에서도 시간 알람 맞춰두고 매일 책을 읽어나가야겠다.

서평 쓰는 독서 모임 '천무'. 모임 중에서 가장 소중하게 생각하며 지금껏 내가 가장 오래도록 참여하는 모임이었다고 말하고 싶다. 매력적인 엄마로서 인풋과 아웃풋이 동시에 되는 '천무'. 내가 가져야겠다.

책 쓰기 강의를 시작하면서 작가 서평단 '천무' 모임 방식을 그대로 베껴서 서평 쓰는 독서 모임 '글빛천무'를 열었다. 책 쓰기 강의를 듣는 예비 작가들과 한 달에 한 번 운영한다. '글빛천무'용 PPT도 만들었고 독서 노트도 미리 작성해 두었다. 블로그에는 서평 글을 작성한 후 임시저장까지 해두었다. 왜냐하면 나는 작가 서평단의 운영자이기 때문이다. 내가 순서와 시간을 안내하고 실시간 독서 노트 작성을 권

여자, 매력적인 엄마 되는 법

한다. 작성한 독서 노트를 돌아가며 읽으면서 책 이야기를 나눈다. 블로그 작성까지 마치면 '글빛천무' 모임이 마무리된다.

《하루 한 줄 행복》으로 모임을 한 후 미니특강도 하게 되었다. 독서와 관련된 짧은 특강이지만 책 읽는 사람은 겸손하다는 점을 강조하면서 나 역시 모르는 게 많으니 꾸준히 책을 읽어야겠다고 생각했다.

독서 모임 운영하고 싶어서 독서 모임을 찾았다. 교사들과의 모임도 좋았고 작가들끼리의 서평 쓰는 모임도 나를 꾸준히 책 읽는 사람으로 만들어 주었다.

공부법은 다양하지만, 독서는 기본 중의 기본이라 생각한다. 학생들 대상으로 독서교육을 하고 있다. 책 읽는 습관을 만들어 주기 위해 내 돈 아끼지 않고 책을 교실에 사다 둔다. 이제는 나를 돌볼 때이다. 업무도 아니고 의무도 아니다. 아이 셋 직장맘에게 독서는 나를 아끼는 권리다. 독서 모임 운영까지 하게 되었으니, 독서를 놓칠 수 없다. 독서에 서툴렀던 사람들과 포기하지 않고, 함께 하고 싶다.

제 5 장

여자,
매력적인
엄마 되는 법
② - 자기 계발 성장법

1
·

자신만을 위한
목표 설정

기록하기. 나의 목표다. 직장생활과 육아로 정신없는 하루를 보내고 있는가? 나도 그랬다. 세 자매에게도 영유아 시기가 있었다. 육아휴직 없이 아기 돌보면서 직장 생활했다. 배우고 성장하길 원했지만 자기 계발에 시간을 쓸 수 없었다. 유일한 목표는 자녀들이 빨리 커서 말귀를 알아듣는 날까지 버티는 것이었다. 세 자매 육아 기간을 버티게 해준 방법은 '기록하기'였다.

읽어준 책을 매일 기록하였고 책 사진도 찍어 글에 추가했다. 글쓰기 배운 적 없었지만, 디지털카메라와 스마트폰에 쌓인 사진을 보관하고자 블로그를 만들었다. 희수의 일상을 하루하루 기록하면서 매일 남겨 보겠다는 목표가 생겼다. 둘째를 임신했을 때 둘째만을 위한 카테고리 추가 하는 일도 재미있었다. 셋째 임신한 후 첫째와 둘째 태교일기 읽어보면서 기록이 중요하다는 것 알게 되었다. 매일 기록하기. 자신만을 위한 목표이다. 기록은 나의 지난 시간을 증명해 준다.

여자, 매력적인 엄마 되는 법

2020년 3월 개학 연기 기간, 41조 연수를 사용했다. 처음부터 한 달이나 41조 연수를 사용하게 될지는 몰랐지만 '목표'를 세웠다. '개학 연기 기간'에 나와 학급의 일을 기록하는 것이었다. 나를 위한 일은 새벽 걷기였고 학급을 위한 일은 학급 미션 운영하기였다.

아침 8시 30분까지 출근하지 않아도 되었다. 6시 30분에 마스크와 모자를 착용한 후 동네 한 바퀴를 돌았다. 언덕에 있는 가마실공원에 가서도 다섯 바퀴 돌았다. GPS가 연결된 지도에는 내가 걸어온 길을 파란색 선으로 색칠해 주었다. 집 주변의 길마다 다 색칠하겠다는 생각으로 한 시간 정도 걷다가 집에 들어왔다. 안경에는 김이 서렸지만, 마음만은 밝았다. 이른 아침에 출근하는 차량 행렬을 보면 내 마음도 활기찼다. 코로나로 인한 염려도 그 순간만큼은 말끔히 씻어지는 것 같았다. 조금 늦게 걸으러 나가더라도 8시 30분 안에는 집에 들어왔다. 개학 연기 기간 한 달 동안 경험한 아침 걷기는 나를 위한 시간이자 운동 목표가 되었다.

41조 연수 기간이지만 개학 대비는 필수다. 코로나 염려 속에 어떻게 일과 운영을 할 것인지 의논을 위해 학교에 자주 오갔다. 아침 걷기를 한 후 일하러 가는 기분은 달랐다. 평소 3월 같았다면 아이 셋 준비물 챙겨 등교시킨 후 나 역시 헐레벌떡 출근했을 것 같다. 40년 넘게 살면서 '아침'의 여유를 처음 느낀 것 같았다. 4월 1일부터 전 교직원 정상 출근으로 아침 걷기는 한 달 만에 끝이 났지만 나에게 운동 부분에서 꾸준히 하는 경험을 쌓았다. 이 경험은 기록으로 기억하고 있다.

2020년 3월 개학 연기가 3월 중순이면 끝나지 않을까 기대하고 있었다. 2월 말, 학생들과 일대일 전화 통화도 했고 담임 소개도 마쳤다. 2020년 3월 16일부터 5일간 '학급 미션'을 진행한 후 3월 23일에 등교하면 학급 학생들과 정서적으로 가까운 상태에서 대면할 수 있을 거라는 예상을 했다. 5일간 미션 결과를 기록하기로 했다.

아침 8시 30분에 반 전체 학부모와 학생들에게 '미션' 문자를 보냈다. 사실 전날 예약한 문자이다.

> ☐오늘 2020년 3월 16일부터 20일 5일 동안은 미션(가정학습) 한 가지를 제시한 후 답장받고자 합니다. 오늘 중으로 미션 수행해 보고 선생님께 전송해 주세요.
> ☐만약 학생 여러분의 핸드폰으로 전송하시게 되면 보내는 분이 누구인지 〈이름〉 먼저 말씀 부탁드립니다.
> ◎◎◎ 3월 16일 월요일 미션 (1일 차)◎두둥~!!! 〈내가 듣고 싶은 말〉을 적어서 보내주세요^^

5일을 했는데 또 개학이 연기되었다. 결국 15일 3주 동안 '학급 미션'을 진행했고 문자 결과를 캡처한 후 블로그에 메모했다.

미션 진행 덕분에 경험, 신뢰, 보상 세 가지를 얻었다. 15일 동안 무언가를 꾸준히 해본 경험을 얻었다. '미션' 활동으로 일대일로 친분을 쌓은 결과, 그전보다는 생활지도 면에서 수월했다. 학생을 위한 미션 활동이 교사로서 학생들의 신뢰를 얻는 계기도 되었다. 매일 같은 시간 문자를 보내고 종일 답장하기가 쉽지는 않았지만, 하루씩 미션 진행 결과를 기록하여 공유한 덕분에 e학습터 학습활동 아이디어 릴레이 이벤트에 당첨되어 빵 선물도 받았다.

오늘도 나는 블로그에 나의 일상과 경험을 메모한다. 나의 하루 일지, 우리 학급일지, 자기 계발을 위한 책 쓰기 수업 내용 등을 기록한다. 공개와 비공개로 구분하지만 매일 기록하는 일은 변함이 없다. 기록하는 습관 덕분에 100일 교단 일기와 100일 책 소개를 완료했다. 매일 기록은 나를 위한 목표이며 나를 움직이게 하는 조건이다. 기록하기 위해 꾸준히 행동한다. 나의 자기 계발은 '기록하기'라는 목표 덕분에 시작되었다.

자기 계발 성장법은 많다. 무엇을 배우든 자신만의 목표 설정과 지속을 위해 매일 배움을 기록하면 기록 자체가 성장의 동력이자 자기 계발의 결과가 된다. 기록은 글감이다. 그리고 책이 된다.

개학 연기 기간 학교 온 학습활동 아이디어 릴레이 이벤트에서 선정된 **1일 1미션 활동 주제 15가지**		
미션 〈1일 차〉 내가 듣고 싶은 말	**미션 〈2일 차〉** 책 읽고 책 속 보물 문장 소개	**미션 〈3일 차〉** 손가락 그림 활용 자기 소개하기
미션 〈4일 차〉 주변의 물건으로 하트 만들기	**미션 〈5일 차〉** 5학년 3반 5행시	**미션 〈6일 차〉** 오늘 개학했다면 나의 하루 스케줄 작성하기
미션 〈7일 차〉 유튜브 위도와 경도 암기 속 듣기, 인증 사진 셀카 찍기	**미션 〈8일 차〉** 올해 내가 꼭 가보고 싶은 곳 장소 2곳 쓰고 그 이유 쓰기	**미션 〈9일 차〉** 내가 좋아하는 과목을 쓰고 그 이유 쓰기
미션 〈10일 차〉 작년 4학년 동안 기억에 남는 일 쓰기	**미션 〈11일 차〉** 나 자신이 현재 가장 소중하게 생각하는 물건 사진 찍고 그 이유 쓰기	**미션 〈12일 차〉** 3월 한 달 동안 감사한 일 3가지 쓰기
미션 〈13일 차〉 4월 책 읽기 계획 세우기, 몇 권, 읽을 시간 정하기	**미션 〈14일 차〉** 유튜브 피구 한판 노래 들으며 장면 스케치하기	**미션 〈15일 차〉** 5학년으로서 각오, 다짐, 담임 선생님께 부탁드릴 내용 쓰기

여자, 매력적인 엄마 되는 법

2

·

독서와 글쓰기

'어느 해보다도 더 아끼고 사랑하는 마음을 글로 전달했었어. e학습터나 학교종이, 문자, 카톡 등 오히려 너무 많은 전달 도구로 인해서 선생님의 마음을 제대로 전달하지 못했구나. 우리 반 친구들 모두가 책 읽는 습관을 꼭 가지길 바라. 휴식이 필요할 때 너희들 옆에 책 친구가 있었으면 좋겠어. 내가 여러 작가님과 인터넷으로 소통하는 이유는 작가님들의 책을 통해 위로받았기 때문이야. 너희들 마음속에 불편한 마음이 있다면 해결되길, 부모님과 부드러운 사이가 되길 바라. 사랑합니다. 기대합니다.'

학생 한 명이 다쳐서 안전공제회 신청하는 일, 쓰레기 분리배출이 엉망이라 내가 다시 정리하기, 수학 협의, 독서 사례 발표 사전 협의, 김해의 책 결과 보고서 공문 제출 등 바빴다. 아침 편지 덕분에 가장 중요한 학생들부터 챙기고 대화할 수 있었다. 내가 학교에서 살아가는 이유는 아이들 때문이었다. 아침 글쓰기 하루 한 것만으로도 하루의 일과에 대한 마음가짐이 달라졌다. 매일 글 쓰면 내가 어떻게 성장할까 기대되었다.

또한 실적으로 드러낼 수 없는 교육의 전 과정을 어떻게 남기면 좋을까 방법을 찾고 있었다. 내가 찾은 방법은 책 쓰기였다. 《초등 책 읽기의 힘》, 《BK 선생님의 쉬운 수업 레시피》, 《선생님! 오늘 하루 어떠셨어요?》 등 현직 교사들이 쓴 책을 접하면서 나도 작가가 되고 싶었다.

부산교대 수학 교수, 경남수학문화관 담당자, 초등 선생님들과 수학 기초학력 향상을 위해 2주에 한 번 수학 협의했다. 회의 횟수가 늘어나면서 공부가 필요했다. 수학 지도에 관한 책을 하루 한 권씩 훑었다. 30권 읽고 나서 내가 초등에 맞게 수학 교육서를 써보리라 다짐했다. 학교 학생들 지도 사례를 모았고 딸들의 수학 진행 정도도 점검했다. 내가 책을 쓰는 목적은 수학을 포기하지 않게끔 로드맵을 제시하는 것이었다.

초등 5학년 교실에서도 수학 시간에 기초학력이 떨어지는 학생들을 어떻게 도와줄 것인가 고민했다. 나는 쉬는 시간이 없었다. 학생 한 명씩 피드백해 주고 문제 해결을 돕는 일에 신경을 썼다.

초고를 쓰는 중에 과거보다 교실 속 수학 수업을 개선했었다. 절반 정도 쓴 후 초고 진도는 멈췄다. 수학 교육서 쓰기는 어려웠다. 책 쓰기 포기했다.

그림책을 좋아한다. 그림책 활용 수업이나 그림책 교실 운영 같은 책 쓰고 싶었다. '그림책'이라는 단어만 들어가 있어도 책을 샀다. 기존 책에서 다루지 않는 내용으로 그림책 교육서를 쓰고 싶었다. '고학년 독서, 그림책 읽어주기, 글쓰기 지도' 세 가지 영역이 합쳐지면 어떨지 상상했다. '그림책'이 중심이 되었으니, 교실에서 매일 그림책을 읽어주었다.

자주 지각했던 학생이 아침에 일찍 등교했다. 그림책 읽어주는 내용 듣기 위해서다. 읽어주기만 했는데 효과가 생겼다. 그림책을 활용하여 아이들의 삶을 들여다볼 수 있는 질문을 했다. 이를테면, 등장인물처럼 친구와 싸웠다가 화해한 적 있는가, 발표 못 하고 망설였던 적이 있는가 등이다. 학생들과 질문하고 대답하는 과정도 메모했다가 초고에 넣었다. 그러나 내 주변에는 새로운 그림책 교육서는 쏟아지고 있었다. 그림책 교육서는 학급 운영과 교실 수업이 우선 되어야 쓸 수 있다. 다른 선생님들이 먼저 적용한 결과를 우리 학급에 적용하는 것까지만 가능할 것 같다. 더 이상 책 원고를 쓸 수 없었다. 교사들의 아이디어는 다양했고 공동지성으로 공유는 활발히 이루어졌다. 그림책 교육서 쓰는 것을 포기했다. 책을 쓰기 위해 모으던 실적은 블로그 포스팅으로 남았다.

수학 교육서, 그림책 교육서를 도전했다 포기한 경험을 통해 내가 꾸준히 하는 것은 무엇일지 생각했다. 아이들과 함께했던 '독서'에 대하여 책을 쓰고 싶었다. 2005년부터 독서교육과 관련한 나의 경험과 성장에 관하여 한 달 동안 40꼭지를 채웠다. 책 쓰기 과정에서 내 경험을 쓰니 지치지 않았다. 40꼭지를 채웠을 때의 뿌듯함은 말로 표현하기 어렵다. 그 당시에는 출간 여부와 관계없이 나는 이미 독서와 글쓰기를 사랑하는 작가가 되어 있었다. 그동안 학교 독서교육을 위해 애썼다고 나 자신을 인정하게 되었다. 연구부장까지 했으면서 왜 승진 준비를 안 하냐고 선후배가 물을 때 내가 승진을 원하지 않는다고 말하고 다녔다. 한편으로는 나이 들어 담임하면 학생들이 좋아하지 않을 건데 하는 두려움도 가지고 있었다. 이 모든 잡다한 생각을 버렸다. 초고 완성 덕분에 스스로 떳떳한 교사이자 엄마가 되었다.

내 이야기를 쓰고 다른 사람들의 이야기를 읽는 작가이자 독자의 삶을 살아가는 것은 직장맘이 성장하는 방법이었다. 다른 작가의 인생을 내가 왜 돈 주고 읽어야 하는지 이해하지 못했던 내가 에세이를 쓰는 작가가 되었고 에세이를 좋아하는 독자가 되었다.

내 삶을 써서 출간했더니 나에게 친구도 생겼다. 정기적인 학교 이동, 학년 재배치로 인하여 절친 교사들도 점점 얼굴 보기 어려워졌다. 함께 글과 책을 쓰며 만난 작가들 덕분에 이제는 친구에 대해 고민하지 않아도 되겠다 생각이 든다.

여자, 매력적인 엄마 되는 법

교사이자 엄마인 내가 독서와 글쓰기로 성장하는 모습을 내 아이들에게도 꾸준히 보여주고 싶다. 서로의 글을 읽고 응원하는 자리에 계속 머물고 싶다.

3

·

아이와 함께
성장하는 법

'백일의 그림책' 독서 육아 모임에 참여했다. '백일의 그림책' 운영진 '레이지유나'는 함께 독서 육아하자는 취지로 회원들을 챙기는 것 같다. 처음에는 막내딸의 하루 한 권 책 읽어주기를 실천하는 방법으로 모르는 사람들 속에 멤버로 들어갔다. 중간에 그만둘까 하는 생각도 있었지만, 오픈 채팅방에서 나누는 육아 대화에 관심이 갔다. 8개월 동안 채팅방에 머무르다 보니 백일의 그림책 멤버들과 우정 쌓기를 위해 12월 과정도 신청하게 되었다.

아이를 위한 독서 모임이 엄마인 나의 인간관계 부분에서도 확장된다. 멤버들이 내가 몰랐던 그림책을 소개할 때, 막내에게 읽어준 책 사진에 공감 표시해 줄 때, 직접 만나지는 못했지만 채팅방을 통해서도 독서 육아 함께 할 수 있구나 싶다. 다른 사람의 인증 사진을 보고 나도 읽어줘야겠다는 동력을 얻는다. 같은 또래의 유아가 있으면 읽은 그림책에 더 관심을 가지게 된다. 나도 구해서 읽히고 싶다.

막내 희윤이가 초등학교 입학하기 전, 화장실에서 혼자 똥 닦는 연습이 필요했다. 어떻게 연습시켜야 하나 고민이 되었다. 배정받은 학교는 화장실 공사를 했으나 학원 건물은 그렇지 않았다. 변기 모양별로 적응이 필요했다. 백일의 그림책에 내가 읽어준 책을 공유했다. 《슈퍼 히어로의 똥 닦는 법》, 《학교에서 똥이 마려우면?》 두 권이다. '똥 닦는 법' 책은 채팅방 회원들이 너도나도 도서관에서 빌려서 자녀들에게 읽어주기 시작했다. 한 달 동안 '백일의 그림책' 회원들에게 가장 인기 있는 그림책으로 뽑혔다.

2022년 6월에는 '기억에 남는 열흘을 찾아서'라는 제목으로 읽어준 그림책 중에서 10일 치 열 권을 골라 책 제목과 사진, 자녀의 반응에 대해 글을 써서 모으기로 했었다. 나도 찍어둔 사진을 토대로 글을 써서 채팅방에 올렸다. 멤버의 글을 모아서 문집을 낼 것인지, 전자책으로 만들 것인지 알 수 없었지만 10일의 과정을 글로 남겼다는 면에서 의미 있었다. 아이를 위해 그림책을 읽어주었을 뿐인데 나에게 독서 육아의 결과가 남았다. 2023년에는 '백일의 그림책'에 참여하지 못했지만, 팀에서 공저 《그림책이 건넨 말들》이 나왔다는 소식 들었다. 아이와 함께 성장한 대표적인 모임이다.

자녀를 낳고 키우는 과정에서 한시도 눈을 뗄 수 없는 시기가 있다. 화장실 가는 시간이나 머리 감는 시간도 허락되지 않는 순간도 있었다. 언제 끝날지 모르는 육아에 대해 지친 마음을 드러내다가도 아기가 방긋 웃어줄 때는 나도 모르게 미소 짓기도 했다. 언제 육아가 끝이 날까 생각하며 키웠던 큰딸은 요즘 얼굴 보기 어려워졌다. 토요일 종일 교회 친구들과 경주월드에 갔다가 오후 8시 30분에 김해에 도착했다. 바로 집에 들어오지 않고 친구와 상가에서 한 시간 동안 놀았으며 친구 집에서 잠자고 다음 날 교회에 바로 가겠다고 말한다. 딸들의 성장을 보면 직장 다니면서 수유했고 아플 때 입원시키고 간호했던 날들이 까마득하게 느껴진다. 세 자매에게만 몰입하고 엄마의 의무만을 위해 살아왔다면 아이들이 성장한 후에는 빈 둥지 증후군을 만났을 것 같다.

태교 때부터 책 읽어준 기록이 있다. 나만의 목표 설정을 '기록'으로 잡은 후 육아, 학교 일, 일상 기록을 이어 가고 있다. 처음에는 읽어준 날짜와 그림책 제목만으로 나열했던 글이 점점 나의 일상을 기록하고 내 생각을 정리하는 글로 확장되었다. 이렇게 아이와 함께 성장하는 방법으로도 기록과 실천을 이어 가고 있다. 아기를 낳고 키우는 과정에서 그림책과 육아 이야기를 엄마를 위해 적어두는 것 권한다. 아이를 온전히 돌보면서 아이와 함께 나눈 육아 기록이나 독서 기록을 쌓는다면 아이가 한 살씩 커가면서 엄마의 프로필도 한 줄씩 늘어나지 않을까 생각한다.

딸들이 유치원생이 되고 나니 동영상을 본다거나 만들기를 하면서 하원 후 시간을 보내는 경우도 많았다. 엄마를 찾지 않고 스스로 노는 시간이다. 그럴 때 나는 집안일도 하지만 잠시 시간을 내어 오늘 읽고 싶은 책을 읽거나 기억하고 싶은 일상을 적는다. 희윤이가 내가 기록하고 있는 노트북 앞에 와서 키보드를 이것저것 누를 때에도 그 대로 놔둔다. 희윤이 흔적이라고 메모하면 그뿐이다.

희수가 자기 방에 있던 책을 모조리 꺼내 내방으로 가져왔다. 우리 집에 이런 책이 있었어? 라고 생각할 만한 책도 여러 권 있었다. 《도 망치고 싶을 때 읽는 책》, 《책가방을 메고 오늘도 괜찮은 척》, 《10대 들의 토닥토닥》 제목을 보면서 희수가 책을 통해 위로를 얻고 싶었나 보다 생각했다. 마음이 힘들 때 책을 손에 잡는 습관을 길러줄 수 있 어서 다행이다. 희수가 나에게 가져다준 책을 내가 읽어보고 싶어졌 다. 책 관련된 나의 육아 경험을 메모한다. 아이들이 선호하는 책을 내가 먼저 읽고 대화할 기회도 얻는다.

2022년 경남 독서 한마당 청소년 도서 《순례 주택》을 네 권 샀다. 가족 독서토론을 해볼까 하는 생각에서다. 네 권 중 두 권은 새 책으 로 남았다. 둘째 희진이와 나는 완독했고 약간의 대화를 할 수 있다. 가족을 위한다는 생각으로 읽었으나 나에게 먼저 다가오는 문장이 있어서 블로그에 메모했다. 성공적인 토론은 하지 못했지만, 아이를 위한 행동 덕분에 내가 책을 읽었다.

'수림아, 어떤 사람이 어른인지 아니? 자기 힘으로 살려고 애쓰는 사람이야.', '너 나중에 넉넉하게 살게 되면 말이지. 둘째 고모처럼 조

의금 많이 내는 어른이 되면 좋겠어. 돌려받을 거 생각하지 말고, 많이 해.' 이러한 인상 깊은 문장을 읽고 메모하면서 진정한 어른이란 무엇일까 생각해 볼 수 있었다. 책 읽고 생각을 메모했기 때문에 엄마인 나도 읽기 전 모습보다는 조금 성장했다.

희진이가 5학년이었을 때《악플 전쟁》을 구입했다. 5학년 2학기 국어 수록 도서이다. 교과서에는 한 챕터만 수록된 지라 전후 이야기가 궁금했다. 딸의 국어 공부를 위해 산 책을 내가 읽었고 국어 교과서 작품이 수록된 페이지랑 비교했다. 국어 교과서에는 '계집애' 이러한 단어는 제외하고 수록되어 있었다. 다른 학년 수록 도서도 궁금해졌다. 3학년을 맡아본 적 없는 나는 3학년 2학기 4단원에 나오는《진짜 투명 인간》을 샀다. 국어 140쪽과 원작을 비교했다. 눈이 보이지 않는 블링크 아저씨에게 에밀이 색깔을 가르쳐주는 부분이 나온다. 교과서에는 초록색, 붉은색, 푸른색, 흰색에 관해서만 설명한다. 원작에는 노란색과 검은색에 대하여 '가장 노란색인 것은 분필이 날아가 교장 선생님 머리에 박혔던 날 교장 선생님의 표정이에요. 가장 검은색인 것은 범인이 자수하지 않아서 우리 반 전체가 벌 받았을 때예요.'라고 적혀 있었다. 아마도 노란색과 검은색은 교과서라는 무게 때문에 넣지 않은 것 같다. 희진이에게《진짜 투명 인간》을 읽어주면서 관련 내용도 블로그에 메모해 두었다.

독서 육아 기록을 하는 일, 자녀에게 읽히고 싶었던 책을 내가 먼저 읽는 일, 수록 도서 읽고 비교해 보는 일이 아이와 함께 내가 성장하는 방법이었다. 엄마인 내가 아이마다 연령대로 돌아가 나 먼저 책을 읽고 책의 맛을 느꼈다. 성장을 위해 선택한 독서와 글쓰기가 나만의 콘텐츠가 될 수도 있다.

아이를 키우며 직장에 다니는 엄마들도 아이들을 위해 활동을 한 결과를 틈나는 시간에 정리 기록하여 책으로 출간하면 어떨지 권하고 싶다. 아이가 자라면서 책에 넣을 내용도 풍부해진다. 경험이 책이 된다. 투고의 과정을 거치는 것도 좋고 그렇지 않더라도 부크크 같은 자가 출판 플랫폼을 이용하여 결과물을 만들어 보는 것 추천한다.

4

·

매일 습관의 힘

《서찰을 전하는 아이》를 펼쳤다. 금요일에 읽어준 곳에 책날개가 꽂혀 있었다. 소리 내어 읽어주었다. 실물화상기로 읽고 있는 페이지를 비춰주었다. 월요일 아침 지각생이 있지만 아랑곳하지 않는다. 조용히 자기 자리를 찾아 앉는다. 20분 읽어주고 나니 1교시 시작종이 울린다. '녹두'가 '녹두장군'임을 책에 나오는 주인공도, 우리 반 학생들도 알아차렸다. 책을 낭독하는 소리에 나와 반 친구들이 집중한다. 읽어준 후 책 표지 사진을 인스타그램에 올린다. 길게 소감을 덧붙일 시간이 없다. 피드에 같은 책 표지만 많아지는 것 같지만 며칠 만에 책 한 권을 읽어주었는지 파악이 된다. 책 본문에도 읽어준 날짜를 매번 메모한다. 책 읽어주는 행위가 쌓여 나는 '매일 책 읽어주는 선생님'이 되었다.

김해 독서교육 지원단 필수 참석이라고 적힌 공문으로 인해 2021년 6월 5일 김해 율산초 이현 동화 작가 강연회에 참석했다.《푸른 사자 와니니》동화를 알게 되었고 이현 작가에게 사인도 받아왔다. 2학년에게 읽어주기에는 책이 두꺼운 것 같았지만 학급 학생들에게 '매일' 와니니를 소개하는 마음으로 읽어주었다. 개인적으로 책을 급하게 읽고 참여한 강연이었기 때문에 한 번 더 소리 내어 읽으면서 동화책에 대한 감동 느끼고 싶었다.

동화책은 한 권 선정해 두면 1~2주 동안 꾸준히 읽어줄 수 있다. 학생은 다소 지루하게 여길 수도 있지만 교사 입장에서는 책 선정에 대한 부담이 적다. 그림책을 매일 읽어주기 위해서는 평소에 책장 앞에서 내일, 모레 읽어줄 책을 선정해 두어야 한다. 반드시 사전에 교사가 책을 읽어본 후 교실에서 읽어주어야 그림과 문장 어느 하나 놓치는 일 없이 학생들에게 전달할 수 있다. 그림책과 동화책을 적절히 섞어서 '매일' 읽어주는 습관을 지니게 되었다. 독서교육에 더 관심 가지고 연구하는 계기가 되었다.

이전에도 학생들에게 책을 자주 읽어주려고 애쓴 적 있다. 2017년 2학년 맡았을 때부터 알림장에 날짜 다음에 읽어준 책 제목을 적는 습관이 있었다. 그 당시 명작에 푹 빠져 있었다. 3년 동안 학부모 책 모임을 운영한 적 있었고 《초등 고전 읽기 혁명》에 나온 책을 독서 모임에서 먼저 읽고 인상 깊은 문장을 나누었다. 그 당시 읽었던 《걸리버 여행기》를 2학년 학생들에게 낭독해 주었다. 혼자 읽었더라면 2학년 학생들이 이해하기 어려웠을 거다. 중학년이 읽기 수월한 삼성출판사 책을 읽어주었고 배경 설명도 해줄 수 있어서 학생들이 조금 더 두꺼운 책을 읽도록 하는 계기를 마련해주었다. 2018년 1월 31일 수요일 알림장에는 '플랜더스의 개(인디고) 77~80쪽 읽어준 날'이라고 적어두었고 2019년 7월 15일 알림장에는 '톰 소여의 모험 영광스러운 페인트칠 다 읽은 날'이라고 알림장 제목을 써두었다. 매일 알림장에 책 제목을 메모한다는 뜻은 앞으로도 책을 읽어줄 예정임을 약속하는 것과 같다. 습관이 지속하는 힘을 만들었다.

아이들 책만 읽을 수는 없다. 함께 책 쓰기 수업 듣는 작가들의 출간 책과 베스트셀러 책 위주로 '책+삶'이라고 이름 붙인 후 인상 깊은 문장을 베껴 썼었다. 그리고 내 삶에 적용할 내용을 일기형식으로 한편의 포스팅을 하게 되었다. 46회 쓴 후 중지되었지만 '책+삶' 글쓰기를 매일 하면서 얻게 된 점이 있었다. 한 권을 여러 날에 걸쳐서 읽고 또 읽어도 괜찮다는 점이다. 가끔 저자들이 나의 글에 공감 하트를 누르고 갈 때면 말로만 듣던 저자와의 대화가 실제로 이루어진 것 같았다. 때로는 저자가 자신의 책을 읽고 블로그에 남겨 주어서 고맙다는 인사도 받는다. 저자가 내 블로그에 방문하는 일은 독자로서 영광이다.

'30여 년을 크고 작은 사고 현장을 누비며 삶과 죽음을 수없이 지켜본 선배들이 오히려 나보다 할 말이 더 많을 것임을 안다.' '책+삶' 글쓰기 《레스큐》 부분에서는 프롤로그 7쪽의 내용을 읽고 나만의 문장으로 바꾸어 포스팅했었다. 내 삶에 적용하는 순간이었다.

"30여 년을 크고 작은 학교 현장을 누비며 학생들을 내 자식처럼 아끼고 사랑하고자 헌신한 선배 선생님들이 오히려 나보다 할 말이 더 많을 것임을 안다."

'그날 이후 나는 현장에서 무엇에 집중해야 하는지 알게 되었다. 오로지 내가 할 일은 안전하게 구조하는 것이다.'《레스큐》51쪽에서 찾은 한 문장으로도 나의 현장에 적용한 문장을 만들기도 하였다.

"그날 나는 학교에서 무엇에 집중해야 하는지 알게 되었다. 학생들이 학교에 머무는 시간 동안 나는 오로지 공문보다 학생의 안전과 성장에 집중한다."

나와 다른 직업을 가진 저자의 삶을 책으로 읽었고 나에게 적용하는 글을 썼다. 이 글은 아직도 나에게 남아 있으며 해마다 블로그 '몇 년 전 오늘' 알람을 통해 글이 되살아난다.

읽어준 책 기록하는 습관은 일과를 메모하는 습관으로 이어졌다. 아침에 눈을 뜨면 네이버 메모에 오늘 날짜를 입력한다. '2022년 11월 7일 월'이라고 기록한 오늘은 '연수 이수증 제출, 일기에 댓글 쓰기, 오후의 발견 전문적 학습공동체 보고서 공문 제출, 초고 쓰기, 전자책 3주 차 수업' 등과 같은 메모를 적어두었다. 날마다 나의 흔적을 메모하는 이유는 메모하지 않으면 어색할 만큼 습관으로 잡혀 있기 때문이고, 이러한 메모가 어느 글에서 에피소드로 들어갈지 모른다는 기대도 있기 때문이다.

학급일지도 비공개 글로 메모한다. 오늘 수업한 진도와 학생 반응, 지각과 조퇴한 학생 이름까지도 메모한다. 나이스에 출결 기록할 공간도 있고 학생 특이 사항도 적을 수 있지만 나의 기록을 비공개로 영원히 남기기 위해 나만의 플랫폼에도 적어두는 일을 놓치지 않는다.

퇴근하면 노트북부터 켜둔다. 한글파일, 네이버 메모, 네이버 블로그를 열어 둔다. 수시로 떠오르는 생각 조각을 메모한다. 작가로서 필요한 습관이다. 매일 습관의 힘을 우리 반 아이들에게도 전달해 주고자 매일 실천할 우선순위 여섯 가지를 매일 쓰고 점검하라고 잔소리하는 중이다.

일상을 쓴다. 하루의 생각과 우연히 듣게 된 문장도 쓴다. 글이라고 불릴 수도 없는 조각이 모여 한 편의 글로 완성될 때 기쁘다. 사람을 향한 감정도, 떠오르는 생각도 나만의 메모지에 기록한다. 머릿속에 자주 떠오르는 대상과 생각에 대해 메모해 둔다. 메모하고 나면 가볍다.

조만간 선배 작가들의 매일 습관도 따라 해보려고 한다. 나는 이책, 저 책 손이 가는 대로 책 속 한 줄과 내 삶을 연결해 보았지만, 선배 작가들은 책 한 권을 통째로 필사하고 블로그 포스팅하고 있다. 하루씩 쌓으면 책 한 권 필사도 거뜬히 할 수 있겠다. 작가와 길게 만

나고 사귀어 보리라! 선배 작가들의 블로그를 염탐하며 언제 시동을
걸지 기회를 보고 있다. 매일 습관의 힘을 누리자. 습관 뒤에 성장의
열매가 있다.

5
·
성장과 운전의 함수관계

'운전 58회, 한방에 주차 성공!'이라고 인스타그램에 올렸다. 인친은 한참 웃었다. '주유해 본 적 없음', '전조등 처음 켜봄' 같은 문구에도 같은 반응을 보였다. 운전을 처음 해보는 마흔셋, 나의 시선에서는 새롭게 배워야 할 것 가득하다. 초보 시절을 잊지 않으려고 사소한 것이라도 알게 되면 인스타그램이나 블로그에 써 둔다. 내 글을 읽은 사람들은 '초보운전 귀엽다'라는 표현까지 해준다. 나도 그들의 반응을 읽으면 재미있다. 베테랑 운전자가 나의 초보운전 상황을 안다면 마치 어른이 유아를 보는 느낌이 들지도 모르겠다. 쉽고 당연한 걸 왜 신기해하는지 궁금해할 것 같다.

매일 운전하는 날짜와 횟수, 목적지를 적으면서 장롱면허 시절보다는 확실히 운전 실력이 늘었다고 장담한다. 운전을 위해 좌우 차를 살피고 보행자가 있는지를 확인하는 정도의 긴장은 가지고 있다. 그러나 사고 나면 어쩌나 하는 불안함은 사라졌다. 운전 횟수가 늘어나는 과정에서도 나는 성장하고 있다.

여자, 매력적인 엄마 되는 법

출장이 많아질 것을 예상하여 2014년 1월 자동차학원에 등록했다. 간소화된 면허시험제도로 인하여 면허증을 쉽게 땄다. 직진해서 가다가 좌회전 한 번 해본 후 기능 시험이 끝났다. 도로 주행에서 네 가지 코스 중 하나를 뽑아서 한 바퀴 돌고 되돌아온다. 깃발을 보고 핸들을 돌리는 횟수를 외워서 시험용 주차도 성공했다. 면허를 위한 시험 쉽게 통과했다. 그러나 운전할 수 없었다. 주차 걱정 때문에 긴장하는 시간을 참아내지 못하여 운전 시도는 하지 않았다.

면허증은 신분증으로만 사용했다. 택시비가 교통사고 수습비보다는 훨씬 싸다고 여기며 택시를 자주 이용했다. 무엇보다도 나는 눈이 나쁘다. 안경점에서 다초점 렌즈 한번 맞추려면 안경알 주문 넣고 며칠 기다려야 한다. 안경 쓰고 0.8 나오는 내가 멀리 있는 신호등과 차량이 잘 보일까 걱정했다.

둘째 희진이가 2022년 2월 김해시 소년소녀합창단 단원으로 합격했다. 원서를 쓸 때부터 희진이가 합격한다면 운전 못 하는 내가 주 2회 연습 장소까지 데려다줘야 할 것 같다고 예상했었다. 오디션에 떨어질 수도 있으니, 결과 보고 대책(?) 세우기로 했다. 16명 오디션에 지원했는데 8명 합격이다. '고*진'이라는 이름이 시청 홈페이지에 공지되었다. 내 딸이다.

치과 다녀오는 길 버스 타고 이동하다가 김해 장유 자동차학원 근처에서 내렸다. 토요일만 10시간 도로 주행 연수받고자 했으나 3월에는 자리가 없었다. 4월에 매주 토요일 두 시간씩 5주 과정을 50만 원 주고 결제했다. 4월 도로 주행 연수가 끝나면 5월부터 희진이를 김해 문화의 전당까지 데려다주기로 했다. 3월과 4월 나와 희진이는 택시 비를 매주 4만 원씩 사용했다.

도로 주행 연수 첫날에는 학원 주변만 한 시간째 돌고 돌았다. 시동을 켜는 일부터 시작하여 오른발의 위치, 깜빡이 켜는 법, 사이드 미러 맞추는 방법, 브레이크 작동 등 강사는 본격적인 연수에 앞서 운전자가 익숙할 정도로 반복 연습을 시켰다. 둘째 시간에 학원 차로 김해 시내 큰길 위주로 한 바퀴 돌고 학원에 왔다. 처음으로 두 시간 씩이나 운전 연습했더니 오른쪽 무릎이 아팠다.

둘째 주에는 창원 진해의 벚꽃을 보러 가자고 강사가 말했다. 내 손으로 처음으로 창원터널을 지나가게 되었고 안민고개 꼬불꼬불한 길을 올라갔다. 강사는 말했다. "괜찮아, 내가 있잖아." 김해 시내에 서 가장 길이가 긴 터널에도 진입했다. 강사는 "밟아, 밟아."라고 계속 말했다. 속도 85, 90을 밟아 보면서 처음으로 과속의 짜릿함을 느꼈 다. 운전을 연습시키는 단계도 1주, 2주, 3주마다 코스가 달랐다. 5주 까지 10시간 수료했더니 김해는 기본이고 밀양과 창원까지 가보았다. 운전학원 강사는 나에게 말했다.

"이왕 운전할 거면 딸을 위해서라고 생각하지 말고 자기 자신을 위 해서 운전하세요. 장롱면허 8년이면 그동안 차로 돌아다닐 수 있는 곳 많았을 텐데 기회가 아깝네요."

처음 운전하기 전, 남편은 우리 집에서 김해 문화의 전당까지 갈 때 차로 변경이 거의 없는 길을 알려주었다. '같은 길 100번만 가면 운전 요령 생긴다'라는 남편 말 듣고 매주 화요일과 금요일, 같은 길만 따라 희진이를 태워주었다. 김해 시내 치과, 김해교육지원청 출장을 가야 하는 상황도 생겼다. 1차로와 2차로 중 어디로 가야 할지 헷갈렸다. 차량흐름이나 신호등 체계에 대해 잘 알지 못했기 때문에 내가 원하지 않는 길로 좌회전, 우회전해야 할 때도 있었다. 직진하고 싶지 않았는데 직진 차로에 서 있는 일도 있었다.

초보운전답게 일요일에 미리 출장지에 다녀왔다. 길은 어떤지 주차장 자리는 있을지, 출장지 교육지원청의 맞은편엔 '폴인커피'가 있었다. 미리 운전 답사를 다녀온 덕분에 치과나 출장을 갈 때 운전에 대한 긴장을 줄일 수 있었다. 반복만이 긴장을 줄이고 성과도 낸다.

희진이가 합창 지원하지 않았다면 나는 지금도 운전대는 잡을 생각도 하지 않았을 것이다. 처음부터 나의 영역이 아니라고 단정 짓고 도전조차 하지 않는 자세는 나에게 아무런 변화가 없다. 장롱면허로 지난 8년간 살면서 '운전할걸'하고 후회한 적 몇 번 있었다. 특히, 딸들과 도서관에 가고 싶거나 병원에 가야 할 때 운전에 대한 후회가 남았다. 그러나 그때뿐이었다.

긴장감 있는 도전이 있어야 성장도 있다. 혼자 산부인과 가야 할 때 병원 지하 주차장에 주차 성공했다. 지하 주차장에 주차할 수 있을까 고민하다가 인근 다이소 건물 지상 주차장에 주차하려고 했었다. 그러나 주차하지 못하고 다시 병원으로 향했었다. 걱정했던 주차장은 텅텅 비어있었다. 도전이 있어야 성장도 있다는 것을 다시 느꼈다.

운전도 성장도 단계가 필요하다. 처음 운전석에 앉았을 때 백미러나 사이드미러를 볼 겨를이 없었다. 앞만 보기에도 벅찼다. 주 2회 같은 길, 1시간씩 운전한 지 한 달 되었을 때 백미러와 사이드미러가 보이기 시작했다. 비오는 날 출장을 위해 와이퍼도 켜보기도 했고, 낮이 짧아지면서 전조등도 작동시켜 보았다. 그다음에 배운 것이 주유하는 법이다. '단계별 도전과 성장'은 운전뿐만 아니라 우리가 도전하는 전 영역에 필요하다.

성장을 위해 꾸준히 해오고 있는 '독서와 글쓰기'도 단계별 성장할 수 있도록 해야 한다. 3년 전 오늘 나는 '닥치고 글쓰기' 과정에 참여하고 있었다. 3년 전 부족한 글이 있었기 때문에 지금 내가 책을 쓰고 있다.

기동력 덕분에 김해보다 창원을 더 자주 나갔다. 작가초청 강연을 듣기 위해 창원터널을 넘을 수 있었고 독서 강의하기 위해 책을 차에 싣고 창원에 있는 학교에도 방문했다.

운전 못 하는 내가 운전을 시작했다. 주차에 성공했다. 처음으로 하이패스도 통과했다. 글 써본 적 없는 내가 책을 출간했다. 저자 강연했다. 나는 더 성장할 것이다. 초보운전 딱지 떼고 음악도 들으며 여유 있는 운전자의 모습을 상상한다. 성장과 운전은 닮았다.

6

·

SNS 성장시키기

매일 글 쓰는 작가가 되기로 했다. 블로그 사용한 지 12년 만에 글쓰기 설정을 검색 허용으로 변경했다. 그동안 기록했던 비허용 포스팅은 독서 육아 이야기와 학교와 가정에서의 내 삶 이야기였다. 교사로서 어느 수준까지 내 이야기를 SNS에 드러낼 것인가에 대한 고민이 컸다. 교실 환경 게시물이나 학생 작품 등 공개해도 될 만한 내용만 전체 공개로 포스팅했다.

희수를 가진 후 독서 태교와 육아 이야기를 나만의 카페에 기록했었다. 블로그가 무엇인지 몰랐을 때였다. 2008년 개인 블로그에 1년치 내용을 복사하여 붙였다.

'작가'가 된 후 내 성장이 다른 사람에게도 동기 부여가 되면 좋겠다고 생각했다. 독서 육아 기록도 검색 허용했을 때 다른 사람의 책 선정에 도움이 된다. 내 이름에 '책'이 연상되도록 블로그 글도 쌓아야 한다.

2021년 4월 마뜸보 강사의 블로그 수업을 들었고 내 블로그에 대한 상담도 받았다.

"블로그 쓰는 목적이 뭔가요?"

"일상을 쓰는 일기장입니다."

"일기장으로 쓰실 거면 블로그 수업 들을 필요도 없고 상담도 안 하셔도 되세요. 블로그 성장이나 수익화를 생각하시면 블로그 주제를 좁히셔야 해요."

블로그 키우는 일도 책 쓰기와 같구나 싶었다. 독자를 생각해야 하고 주제도 좁혀야 한다. '초등 교사' 직업에 어울리는 키워드 중에 '초등 독서교육'이라고 약간 좁혔다. 그림책 및 동화책 소개와 활용 중심으로, 때로는 교과 연계 수업한 결과까지도 포스팅했다.

동시에 교단 일기도 100일 동안 실천하고자 블로그 글을 쓰고 있었다. 마뚱보 강사는 교단 일기는 새로운 블로그에 쓰고 기존 블로그에는 오직 주제 한 가지로만 포스팅하라고 조언했다. 블로그 분석을 통해 내 블로그는 6개월 동안 최적화 2단계에서 최적화 5단계까지 향상되었다. 블로그 성장과 더불어 나는 매일 포스팅하는 루틴을 가지게 되었다. 매일 책을 소개하기 위해 교실에서, 가정에서 책을 활용하고 포스팅할 부분을 찾는다. 한 가지 주제에 맞게 나의 공부 내용이 깊어지는 것 같았다. '백란현'과 '책'이 연결될 수 있는 이미지를 쌓았다.

매력적인 직장인이자 엄마가 되기 위해 한 가지 더 한 일이 있다. 블로그 닉네임 정하기이다. 책 쓰기 강의를 들으면서 생각보다 세상 사람들은 나에게 관심이 많지 않다는 것을 알게 되었다. '희수맘', '희수희진맘', '세자매맘'이라는 말을 사용하다가 '백란현 작가'라고 블로그에 내 이름을 밝혔다. 마뚬보 강사에게 닉네임에 관해 상담받았다. 검색했을 때 나의 블로그로 바로 유입되는 닉네임이 좋다고 이야기를 들었다. 흔하지 않은 내 이름을 SNS에 당당히 밝히고 내 사진도 공개했다.

이름과 사진을 공개한 이후에는 평소 생활에서 움츠리던 내 모습이 사라졌다. 일부 학부모가 블로그 속 나를 알아볼지는 모르겠다. 세 자매와 읽은 책 소개라든지, 학교에서 어떻게 교육활동을 펼치고 있는가에 대한 블로그 포스팅은 나를 당당한 초등 교사로 설 수 있게 해주었다.

보안 염려로 하다 말다 반복하다가 2021년 8월부터 인스타그램을 열었다. 피드, 릴스, 리그램 용어 몰랐다. 막내와 읽은 책 표지를 매일 올려볼까 싶어서 시작했다. 책 소개로만 사용할 줄 알았던 인스타그램에는 일상 중 떠오르는 생각을 사진과 함께 한두 줄 메모하는 데 유용하게 사용 중이다. 블로그에서는 만나지 못했던, 인친들과의 소통도 재미있다. 특히, 자이언트 작가들의 피드는 챙겨 읽는다. 줌으로 하는 책 쓰기 수업에서 얼굴만 익혔던 작가들의 일상이 공유되니 대면할 일이 있을 때 더 친근하게 이야기를 나눌 수 있다.

인스타그램에서 책 소개나 나를 드러내는 일이 나의 독서와 글쓰기에도 도움 된다. 책 읽어주는 일상과 오늘 쓴 글을 공유하여 꾸준히 소식도 전할 수 있다. 처음 막내에게 읽어준 책만 올릴 때는 하루 한 건 올렸으나 요즘은 인스타그램에 하루에도 일곱 개 이상 올리고 있다. 머릿속 떠오르는 순간을 짧은 시간 동안 인스타그램에 올림으로써 생각 정리가 수월해졌다. 쌓이는 게시물 수만큼 팔로우, 팔로잉 수 모두 늘었다.

다른 작가님들이 올리는 꾸준한 게시물에도 동기 부여받는다. 《엄마를 위한 미라클 모닝》 최정윤 선생님은 매일 아침 책 속 명언 손 글씨 사진을 올린다. 통영에서 근무하고 있는 이경우 선생님은 아침 시간에 반 학생들과 함께 읽는 칠판 편지글을 인스타그램에 올린다. 이들의 꾸준한 모습을 보며 나도 내 인스타그램에 책과 일상에 대하여 지속해서 공유한다. 완벽하지 않아도 된다. 처음엔 부족했지만, 매일의 반복을 통해 성장하고 있다는 것을 보여주기만 하면 된다. 마치 초보운전 스토리를 올리는 것처럼 말이다.

2022년 11월 16일. 김해교육지원청 주최 초등 5, 6학년 55명과 중 1학년 5명을 대상으로 《불량한 자전거 여행》 비경쟁 독서토론을 진행했다.

"백란현 선생님이 페이스북을 잘한다고요? 그러면 PPT도 잘 만들겠네. 김해 비경쟁 독서토론 사회 좀 맡아줘요."

김해교육지원청 장학사가 나에게 한 말이다. 나 빼고 장학사 및 독서교육 지원단원이 만장일치로 사회자를 결정했다. 김해 독서교육 지원단 선생님 중에 내가 두 시간 동안 토론 사회를 봤다.

자기 계발하고 성장을 꿈꾸는 매력적인 엄마로서, 내 이름 걸고 당당히 한 걸음씩 나아가기 위하여, YES라고 대답했다. 대답한 후 책임진다. 내가 감당할 능력을 키우기 위해 고민하고 연습한다. SNS 키우기 덕분에 기회가 점점 늘어난다.

여자, 매력적인 엄마 되는 법

7
·

브런치 작가, 출간 작가,
네이버 인물 등록

자기 계발의 과정도 중요하지만 '결과물'도 있어야 성장을 위해 나아갈 수 있다. 매일 글 쓰는 작가로서, 성장을 꿈꾼 내가 얻은 자기 계발 성장 '결과물' 세 가지를 소개한다.

첫째, '브런치 작가'이다.

2020년 12월 21일 오후 5시 11분. '브런치 작가가 되신 것을 진심으로 축하드립니다.'라는 메일 한 통 받았다. 브런치 작가가 있는지도 몰랐던 시절, '블로그 글쓰기로 책 출간하는 방법' 무료 강의에서 황상열 작가가 '브런치 작가'에 대해 언급했다. '백작'으로 블로그 이름을 바꾼 지 한 달 되었고 작가로 살겠다고 마음먹은 지 두 달 될 때였다. 작가 타이틀 다는 건데 싶어 호기심이 생겼다. 강의 들은 다음 날 12월 19일 브런치 작가 신청했다. '작가님이 궁금해요' 300자에 힘을 실었다.

'25세에 결혼하여 세 자매를 키우는 워킹맘으로 17년 초등 교사로 생활하면서 독서와 글쓰기로 학습을 운영하고 있습니다. 가계부에서 책 수입비를 우선 지출하는 엄마로 독서 육아에 15년 전념하였고 학교에서는 책 읽는 학습을 15년간 운영하고 있습니다. 책 읽기 습관을 지니는 것은 독서교육을 하는 저 역시 쉬운 일이 아니었습니다. 여름에 랜선 모임 100일간 33권의 책 읽기를 통해 책 읽기 습관을 점검하였습니다. 독서의 삶이 글쓰기의 삶으로 연결되어 책 쓰기 특강을 수강하고 있으며 작가가 되기 위해 목차를 거의 완성하였고 초고를 집필할 예정입니다.'

'내가 원하는 것 세 가지, 나는 어떤 사람인가?, 샐리의 법칙! 최근 가장 기분 좋은 일' 닥치고 글쓰기 과정에서 쓴 주제 글 세 개와 책 쓰기 수업에서 받은 수학 교육서 목차를 브런치 작가 신청에 첨부하였다. 토요일 신청했는데 월요일 퇴근 시간에 화장실에서 브런치 작가 축하 메일을 받았다. '진심으로 축하드립니다. 소중한 글 기대하겠습니다.'라는 메일 본문을 읽었다. 기대하지 않고 신청했는데 합격 소식 듣고는 폰을 바닥에 떨어뜨렸다. 초보 작가 시작이구나! '초보가 왕초보에게'라는 말을 글쓰기 과정에서 자주 들었다. 나도 왕초보 시리즈를 브런치에 저장만 할 것이 아니라 발행 버튼 누를 수 있겠다 싶어 가슴이 두근거렸다.

교사들 공저 카톡 모임에서 '브런치 작가'라고 소개했고 연구계획서에도 회원 소개 글에 '브런치 작가'라고 밝혔다. 글 주제별로 브런치

여자, 매력적인 엄마 되는 법

매거진도 만들 수 있다. 브런치 작가가 된 지 3년 된 지금 190개의 글을 가지고 있다. 백작 미라클 일상, 백작 교단 일기, 미라클 독서 삶, 라이팅 코치 네 가지 매거진에 글을 쌓고 있다. 브런치 작가소개 글에는 '초등교육 전문가', '에세이스트'라고 해두었다.

둘째, '출간 작가'이다.

2021년 경남교육청 학교 연합 독서교육 전문적 학습공동체 '오후의 발견'에서 공저를 출간했다. 공저를 쓰자고 모인 선생님들이었다. 3월부터 7월까지 월 1회 교단 에세이를 썼었다. 쓴 원고를 모은 후 제목과 목차를 정했다. 여섯 명의 선생님 중에서 출간 경험이 있는 사람한 명 있었고 다섯 명은 처음 집필했다. 김진수 선생님에게 공저 원고모은 것을 보낸 후 피드백을 부탁했다. 여름방학에 시간을 맞추어 김진수 선생님의 원고에 대한 조언을 들은 후 선생님들은 원고 수정에나섰다. 공저자가 교사들이고 학교 이야기를 다루었기 때문에 목차는 학교 시간표가 연상되도록 1교시, 2교시, 3교시 등으로 정했다. 각자 여섯 꼭지 또는 여덟 꼭지를 썼다. 1교시는 여는 글, 6교시는 닫는글 느낌으로 글을 배치하였다.

투고 과정도 처음 경험했다. 거절 메일이 쏟아졌다. 어느 출판사에서는 '할 예정이라는 말만 있고 실천 결과가 보이지 않는다.'라고 답장을 보내왔다. '원고 수정할 계획이 있는가', '우리 출판사에서는 공저를 취급하지 않는다.'라는 반응도 많았다. 교육과학사에서는 경남 인문 책 쓰기 동아리와 연결하여 교사 공저를 출간한다는 소식을 듣고 원고를 보냈다. 우리 팀은 교육대학교 서점에서 자주 본 출판사 '교육과학사'와 계약했다. 계약 후 PDF 파일을 퇴고하는 과정을 3회 거쳤다. 내 원고는 봐도 봐도 또 수정할 것이 보였다. 여덟 꼭지를 쓴 공저에서 초고, 퇴고, 투고, 계약, 퇴고, 출간 과정을 거치고 나니 개인 저서도 도전할 수 있겠다는 생각이 들었다. 출판사에서 표지가 나오고, 네이버에 내가 처음 쓴 공저 《교사의 일상과 성장 이야기》가 검색될 때, 실물 책을 배송받았을 때의 가슴 떨리는 내 마음은 직접 경험해 본 사람만이 이해할 수 있다.

공저에서 내가 자주 언급한 교단 에세이는 '독서교육'이었다. 이 부분으로 개인 저서를 한 달 만에 초고 완성했다. 매주 책 쓰기 수업 들으며 10개월간 공부했고 글 쓰면서 몰입, 초고 완성의 뿌듯함을 느꼈다. 개인 저서 한 권 출간하는 과정에서 내가 직장맘으로서 독서교육 면에서 육아와 업무를 열정적으로 해왔다는 사실도 책에 넣었다. 《조금 다른 인생을 위한 프로젝트》 나의 첫 책을 학부모가 사서 읽고 소감을 보내주신 내용이 가장 기억에 남는다.

"감사하고 축하드려요. 항상 노력하시고 초긍정 마인드를 가지신 선생님에게서 받는 에너지 너무 좋습니다!"

셋째, 네이버 인물 등록이다.

2022년 2월 2일, 설날 연휴 기간이었다. 김규인 강사 블로그에서

'네이버 인물 등록 업그레이드'라는 포스팅을 읽었다. 독서 멘토로 생각하고 있는 밀알샘 김진수 작가도 네이버 인물 등록되어 있다. 나도 해볼까? 도전정신이 발동했다. 네이버 인물정보 본인 참여 사이트에 접속했다. 인물정보 등록 신청을 눌렀다. 관련 서류는 3장만 첨부할 수 있었다. 대학 졸업증서, 재직 증명서, 학습지도 연구대회 상장을 첨부했다. 언제 반영되나 하루하루 기다렸다. 메일로 일부 반영 통보 받았다. 나의 SNS 사이트는 블로그, 유튜브, 인스타, 브런치 모두 연결되었다. 가족은 슬하 3녀로 간단하게 표시했다. 나의 직업이 '교사, 작가'라고 적힌 부분이 가장 기뻤다. 네이버 인물 등록할 당시에 교사들과 함께 쓴 공저와 학생들의 시를 엮은 시집 두 권이 소개된 사이트 주소를 입력했었는데 두 권 모두 반영되었고 '작가'라는 타이틀도 기록할 수 있었다.

네이버 인물 등록을 하면서 한 번 더 고민했다. 내가 근무하고 있는 학교명을 밝혀도 될까. 네이버 인물 등록하기 전에는 학교 책을 빌려 읽고 블로그 포스팅할 때도 학교 이름 바코드를 모자이크 처리를 했었기 때문이다. 인물 등록 후 2년이 다 되어간다. 소속을 '김해부곡 초등학교'라고 밝혔지만 아무 일도 일어나지 않았다. 지금은 빌린 책 바코드에 모자이크 처리하지 않는다. 네이버 인물 수정을 하여 2022년 3월 개인 저서와 5월 공저까지 저서 등록했고 2022년 7월에는 대학원 계절제 수업 들으면서 학력 사항에 대학원 재학이라고 인물 수정하였다. 공저를 출간할 때마다 계속 저서를 추가하고 있다. 소개하는 내용이 한 줄씩 추가된다.

3월 2일, 신학기 우리 반 학생들에게는 네이버 녹색 창에 '백란현' 검색해서 담임교사인 나를 소개했다. 인스타그램에 관련 내용을 올렸더니 인친들이 '멋있다'라고 칭찬해 주었다.

브런치 작가, 출간 작가, 네이버 인물 등록 등 자기 계발 성장 결과물 세 가지는 계속 업그레이드 중이다. 하나씩 내용 추가할 때마다 공부하고 성장하는 길 가기를 잘했다고 생각한다. 공인으로 생활한다. 결과물 얻은 만큼 성장은 계속 이어진다.

여자, 매력적인 엄마 되는 법

자기 계발 진행 중입니다
-강사의 길

처음 가본 창원천광학교에서 그림책 활용 교육과 독서교육 전문적 학습공동체 운영 방법에 대하여 두 시간 강의했다. 강의 연락을 해 준 이 부장은 내 블로그를 통해 나에게 강의 문의를 했다. '오후의 발견' 회장으로 교사 독서교육 전문적 학습공동체 후기 글에 댓글을 남긴 것이다. 블로그를 통해 강의 의뢰 받기는 처음이었다. 낮에는 학교 교사로서, 저녁에는 〈자이언트 북 컨설팅〉 평생회원 작가로서 책 쓰기 강의를 듣는다. 경남 독서 인문 소양 교육 컨설턴트, 김해 독서교육 지원단 타이틀을 가지고 네 개 학교와 독서교육 내용으로 소통하고 나니 나에게 마음의 여유가 없었다. 강의 제안 거절했다. 이 부장은 나에게 전화했다.

"선생님밖에 없습니다. 편안한 시간에 우리 학교에 와서 그림책 강의해 주세요."

강의 수락했다. 나를 인정해 주는 말에 용기가 생겼다. 줌으로만 강의했었는데 현장 강의 경험도 쌓고 싶었다. 강의 내용에 대한 고민이 시작되었다. PPT 한 장도 만들지 못하고 그림책 이것저것 찾아보기만 했다.

특수학교에서 내가 무슨 도움이 될까 하는 생각도 들었다. 사례에 따라 다르다. 나도 다양한 연수 많이 들었지만, 우리 학급 실정에 알맞은 강의는 들어본 적 없다. 듣고 내가 소화해 내는 만큼 학급에 응용한다. 내가 특수교사의 그림책 활용 방법까지 고민해서 알려주려고 했던 것이 잘못되었음을 깨달았다. 나는 초등교육 전문가이고 창원천광학교는 특수교육 전문가들의 집단이었다. 이 부분 충분히 고려한 후에 나를 불렀을 것이다. 나의 학급을 보여주기로 했다.

그림책 활용 독후활동 중심으로 PPT를 만들었다. 짧은 시간 동안 어떤 그림책을 소개할지, 직접 읽어줄 그림책은 무엇으로 할지 선택하느라 우리 집과 교실에 있는 그림책을 방 한가운데 탑처럼 쌓아두었다. 어제 선정한 그림책과 오늘 책이 달랐다. 어떻게 하면 특수교사들에게 그림책이 재미있다는 것을 알려줄까 싶어 읽어주는 연습도 했다. 학교 업무와 작가로서의 공부까지 동시에 이루어지는 상황이었다. 그림책 강의 준비는 늦은 밤이 되어서야 가능했다. 프리젠터도 처음 샀다. 서서 자유자재로 PPT를 보여줄 수 있다. PPT 넘기는 연습까지 해보았다.

여자, 매력적인 엄마 되는 법

창원천광학교에 도착해서 강의 장소에 가니 학교 선생님들이 앉아 있었다. 다행히 긴장되지는 않았다. 2019년 8월, 내가 그림책 연수에서 뽑은 자아 선언문 카드를 읽어주면서 강의를 시작했다.

"나는 어떤 일도 해낼 수 있는 무한한 잠재력을 가지고 있는 사람이다."

3년 만에 잠재력을 발휘하는 교사 작가가 되었다. 선생님들 앞에 백란현 작가라고 소개했다. 앉아 있는 선생님들에게 자아 선언문을 한 장씩 뽑게 했고 몇 명의 선생님들에게 읽어달라고 부탁했다. 선생님들의 자아 선언문이 이루어지기를 응원하면서 강의를 시작했다.

강의 준비 과정에서 내가 도움이 될까 생각했었다는 것도 말했다. "활용은 선생님들의 몫"이라고 말하니 고개를 끄덕였다.

내가 꼭 소개하고 싶었던 진진가 놀이 방법과 띠 빙고 실습까지 마쳤다. 내 개인 저서를 상품으로 몇 권 나누어 주었다. 이게 행복이다. 2021년 5월 처음 선생님들 앞에 강의했을 때는 전대진 작가 책을 상품으로 나누어 준 적 있다. 내 책을 상품으로 나누어 주는 순간을 꿈꿔왔다. 출간할 책 표지 받을 때 느꼈던 흥분된 감정을 내 책을 선물하면서 다시 느꼈다. 1년 전만 해도 출간은 나의 영역이 아니라고 생각했는데 책 쓰기 수업 듣고 매일 글 쓰는 삶을 배운 덕분에 출간 작가가 되었다.

나는 이 부장에게 줄 책을 미리 사인해서 가져갔다.

"부장님, 읽고 쓰는 삶으로 조금 다른 인생 만들어요. 작가 백란현."

책을 주니 이 부장은 샀다고 말했다. 책 출간은 영향력이 또 다르구나 싶었다. 책 출간 덕분에 그림책 분야의 현장 강의 경험을 쌓았다.

출간 후 내가 처음 강의를 시작한 시기는 2022년 1월 31일 《교사의 일상과 성장 이야기》 공저 저자특강이었다. '닥치고 글쓰기' 함께 했던 노 작가는 자신이 운영하는 오픈 채팅방에서 1시간짜리 저자특강을 해달라고 부탁했다. 내가 어떻게 줌 강의를 하나 싶어서 할지 말지 고민했다. 교사이고 가르치는 일이 본업인데 왜 못하냐고 충분히 할 수 있으니 스케줄 잡겠다고 말한 노 작가 덕분에 강의 준비를 했고 무사히 첫 강의를 마쳤다.

지난 5월 〈국민 강사 교육협회〉에서 개인 저서로 저자특강을 했었다. 그때 내 강의를 들었던 하 샘이라는 강사는 가끔 나의 카톡으로 강의 후기 글을 보낸다. 전화번호와 강의 영역이 표시된 강사 프로필까지 보내왔다. 하 강사와 더 친근해졌다. 하 강사의 인스타그램으로도 가끔 소통하는 사이가 되었다. 인스타그램에는 '강의할 수 있어서 감사합니다.'라는 글이 자주 올라온다. 이 말이 마음에 와닿았다. 그녀는 블로그와 인스타그램을 통해 강의력을 누적시켜 자신의 브랜드 가치를 높이고 있다. 나도 나를 SNS로 홍보하고 성장한다. 나의 누적된 성장 결과물로 다른 사람을 도울 수 있다.

독서교육 업무가 김해 독서교육 지원단이 되는 계기가 되었다. 김해 독서교육 지원단으로서 독서교육 관련 첫 책을 출간했다. 독서교육 전문적 학습공동체를 이끄는 회장이 되었으며 이 경력을 디딤돌 삼아 경남 독서 인문 소양 교육 컨설턴트 역할도 했다. 자칭 초등 독서교육 전문가에서 공식 전문가가 되었으며 초등 교사인 내가 사서교사에게 '도서관 활용 글쓰기 수업' 강의도 하는 사람이 되었다.

여자, 매력적인 엄마가 되기 위해 진행했던 자기 계발 덕분에 이제는 〈자이언트 북 컨설팅〉 인증 라이팅 코치로서 책 쓰기 강의도 한다. 평범한 독자가 책 쓰는 작가로 살아갈 수 있도록 돕는다. 나와 함께 책을 쓰겠다고 연락해 온 작가들은 나의 자기 계발 삶을 지켜보고 있었다. 나만 잘 사는 것에 그치지 않고 지켜보는 이들과 함께 매력적인 여자이자 엄마로 성장할 수 있다. 함께 성장할 수 있어서 보람을 느낀다. 자기 계발 지속하자.

마치는 글

✳

6학년 희진이, 유치원생 희윤이의 학예회가 있었다. 코로나 이후 3년 만에 학부모를 초대하여 열리는 행사였다. 가고 싶었다. 그런데 학예회와 김해 독서교육 지원단 비경쟁 독서토론 날짜와 겹쳤다. 독서토론 큰 행사에 사회를 맡게 된 것이다. '자녀돌봄휴가'를 낼 수 있는 조건이었지만 인근 학교와 유치원에 있는 딸 둘과 눈만 맞추고 출장지로 향했다.

큰딸이 열여덟 살이니 육아 18년 동안 이러한 일이 자주 있었다. 아기가 아플 때 약과 함께 어린이집에 보냈다. 학교 행사가 있을 때는 우리 반을 챙겨야 해서 딸아이 행사에 가지 못했다. 잠시 서운했지만 바로 정신 차렸다.

앞으로도 엄마 역할과 교사 역할 사이에서 고민하고 선택하며 속상해할 일이 있을 것이다. 다행이다. 작가에게 모든 사건은 글감이기 때문이다. 작가의 시선에서 나를 바라보고 내 딸들을 챙기고자 한다.

육아 고민을 뛰어넘어 '여자, 매력적인 엄마'가 되기 위한 공부법과 자기 계발 성장법 중에서 세 가지를 권하고 싶다.

첫째, '독서하기'이다.

아이를 키우는 법을 배우기 위해서 육아 책을 읽었다. 책을 읽고 실천하지 못하는 내용도 많았다. 그러나 책 읽는 순간만큼은 육아 책 저자처럼 아이를 키우기로 마음먹었다. 출간되는 다양한 육아 책을 접하면서 '책 읽는 시간'을 자주 가져야겠다고 생각했다. 읽는 시간이 주는 고요함과 생각을 놓치고 싶지 않았다.

아이의 연령대에 맞는 권장 도서를 내가 읽었다. 나의 학창 시절에 이러한 책이 있었다면 얼마나 좋았을까 생각해 보기도 했다. 동화의 권장 연령대를 생각하면서 내가 어린아이가 된 기분처럼 동화책을 읽고 또 읽었다. 어른이 되어 제대로 읽었던 그림책과 동화책 덕분에 '책의 재미'를 알게 되었다.

둘째, '글쓰기'이다.

과목 중에 국어를 제일 못하더니 어떻게 작가가 되었냐고 고등학교 친구는 나에게 물었다. 대학 시험을 칠 때도 논술 시험 있는 곳은 원서조차 넣지 않았다. 그만큼 글쓰기를 싫어했다. 아이 셋 엄마가 되고 작가라는 꿈을 품으면서 꿈은 어린아이만 꾸는 게 아니라는 점을 몸소 깨달았다. 작가의 삶은 나뿐만 아니라 내가 맡은 아이들에게도 작가의 꿈을 가지도록 동기 부여해 주었다. 우리 반 학생들은 시와 산문을 쓰고 삽화도 그리면서 ISBN이 있는 시집을 함께 만든다. 나도 아이들도 출간 작가이다.

내 글과 책이 공감되고 도움 되었다는 말을 들을 때 가장 기쁘다. 블로그, 브런치에 쓰는 나의 일상 글도, 책에 쓴 에세이도 읽어주는 독자를 생각하며 꾸준히 글을 쓰고 있다.

셋째, '강의하기'이다.

아이들 책을 즐겨 읽고 블로그에 소개한다. 관련 글을 쓰고 책도 출간했더니 강의할 기회도 생겼다. 내가 경험한 것을 많은 사람과 나눌 때의 기쁨도 얻게 되었다. 아이 셋 직장맘의 고군분투의 결과 강사의 길이 열렸다. 많은 사람이 자신만의 영역에서 경험이 우러나오는 강의를 하면 좋겠다. 첫 강의에 대한 긴장과 떨림, 강의 후 뿌듯함을 아직도 간직하고 있다. 김해, 양산, 밀양, 창원 지역에서 초등 독서교육 전문가로서 강의했다. 일과 관련된 강의도 좋고 육아에 대한 나의 경험도 전달하고 싶다. 강사 생활 시작했고 라이팅 코치로서 책 쓰기 강의도 진행하고 있다. 독자들도 강사의 길을 가기 시작했다는 소식이 들리면 좋겠다. 서로를 돕고 응원하는 강사로 지내고 싶다.

자기 계발 5년 차, 리모컨 대신 책과 노트북부터 손에 잡는 사람이 되었다. 드라마를 1회부터 마지막 회까지 밤새워 몰아보던 내가 책 쓰기 강의를 매주 듣는다. 독서와 글쓰기의 재미를 느끼며 살아간다.

여자, 매력적인 엄마 되는 법

내가 달라진 것처럼 직장생활과 육아로 인해 시간이 부족했던 엄마들도 충분히 성장할 수 있다.

우리는 우리가 생각하는 것 이상으로 다재다능하다. 육아로 잠시 잊고 있었던 당신의 꿈! '독서하기, 글쓰기, 강의하기'로 다시 꿈을 찾고 키우길 응원한다. 지금 바로 읽고 쓰는 삶, 白作과 함께 시작하자!